Ava Belisette

Abweichungen

Kurzkrimis

Ava Belisette

Abweichungen

Kurzkrimis

Bibliografische Information der Deutschen Nationalbibliothek: Die Deutsche Nationalbibliothek verzeichnet diese Publikation in der Deutschen Nationalbibliografie; detaillierte bibliografische Daten sind im Internet über dnb.dnb.de abrufbar.

Lektorat: Doreen Fröhlich
Korrektorat: Doreen Fröhlich
Covergestaltung: Astrid Blohme

Verlag: BoD · Books on Demand GmbH,
In de Tarpen 42, 22848 Norderstedt, bod@bod.de
Druck: Libri Plureos GmbH, Friedensallee 273,
22763 Hamburg

ISBN: 978-3-7693-2075-6

für J. M.

Ava Belisette

Abweichungen

Kurzkrimis

Bibliografische Information der Deutschen Nationalbibliothek: Die Deutsche Nationalbibliothek verzeichnet diese Publikation in der Deutschen Nationalbibliografie; detaillierte bibliografische Daten sind im Internet über dnb.dnb.de abrufbar.

Lektorat: Doreen Fröhlich
Korrektorat: Doreen Fröhlich
Covergestaltung: Astrid Blohme

Verlag: BoD · Books on Demand GmbH,
In de Tarpen 42, 22848 Norderstedt, bod@bod.de
Druck: Libri Plureos GmbH, Friedensallee 273,
22763 Hamburg

ISBN: 978-3-7693-2075-6

FÜNF SEIDENE KORDELN

"Pain is a door. A secret door into a different state. Without these doors you can't reach it. Afterwards, you no longer fear pain." (Marina Abramovic)

1 Are we free?

Volvo P1800 ES, zinnoberrot, H-Zulassung, Automatik, HU neu, 29.900€ VHB. Er liebte Autos mit Geschichte, aber diese hätte er lieber nicht gekannt.

Treppen in die Nacht. Der Keller war in schummriges Licht getaucht. Links um die Ecke ging es durch eine zweite Tür ein paar Stufen weiter nach unten, direkt an den Tresen. 1979, „Lila Eule“, Bernhardstraße im Bremer „Viertel“. Die dunkle Enge, gepaart mit Claptons Gitarrenklängen und dem Ungefähren in Zigarettenluft. Die Gleichzeitigkeit von Nähe und Anonymität war genau seine Welt. Tagsüber ging es in seinem Leben um dasselbe, um die Einbettung von Individuen in Beziehungsnetzwerke, Grundlagen der Soziologie, erstes Semester. Daniel fühlte sich am richtigen Platz, wenn sich die Diskussionen mit seinen Kommilitonen und Professoren wieder einmal in schwindelnde Höhen schraubten. Gab es jenseits dessen noch etwas anderes? Allein die Natur vor den Toren Bremens konnte ihm ein ähnlich rauschhaftes Erleben verschaffen.

Jeden Morgen dasselbe Spiel. Die acht Schwarzbunten liefen schon auf Berta Mindermann zu, als sie mit dem Trecker und dem kleinen Anhänger um kurz vor fünf in die Einfahrt der saftig-grünen Weide am toten Weserarm einbog. Es würde heute ein Gewitter geben. Das Weidelgras war schwer und nass. Die Umrisse des Weißdornknicks am anderen Ende der Weide vermischten sich mit dem Morgendunst zu einem bizarren Wesen inmitten des flurbereinigten Flachlands.
Berta war auf einem Hof in der Nähe aufgewachsen. Die Schule hatte sie früh verlassen, sie wollte draußen bei ihren treuen Kühen sein. Vor einem Jahr hatte sie mit ihrer Lehre auf Schuhmachers Milchviehbetrieb begonnen. Die Schwarzbunten vertrauten ihr trotz des unruhigen Blumenmusters ihrer Kittelschürze und kamen freiwillig zu ihr an den Melkstand. Alles war vorbereitet, und kurz darauf liefen die ersten Milliliter Milch in die stählernen Kannen. Bertas Stirn ruhte auf der warmen Flanke von Luise, bei der sie sich sicher und geborgen fühlte. Das gleichmäßige Tuckern des Melkmaschinen-Kompressors versetzte sie in einen Trancezustand.

Die Spannung zwischen der intensiven Verbindung des Menschen zur Natur und dem Strudel soziologischer Problemfelder übte einen unfassbaren Reiz auf Daniel Brody aus. Schade, dass es Frauen wie Berta Mindermann wohl nie vergönnt sein würde, in solche Bewusst-

seinssphären vorzudringen. Beißendes Mitleid und das Verlangen, diese jungen Frauen aus ihrem aussichtslosen monotonen Dasein zu erlösen, kroch in jede Zelle seines Körpers. Doch vorher wollte er das Leben dieser einfachen Frauen vom Land erforschen. Diese naive Anmutung, das von der Wurzel her Gesunde, die weichen Körperformen und ihre Puppengesichter wollten von ihm begriffen werden. Welche Seele steckte dahinter, und warum fühlte er sich von ihr angezogen und doch Lichtjahre entfernt? Vielleicht war es so etwas wie die Sehnsucht nach unbeschwertem Kindsein und die Überzeugung, dass er sich dies mit dem Einstieg in eine intellektuelle Erwachsenenwelt verdorben hatte. Für ihn selbst gab es kein Zurück mehr. Nach dem erregenden Schmerz beim Eindringen in die intimen Räume junger Landarbeiterinnen würde er das Ziel seines verzweifelten Sehnens ausradieren. Danach würden sich seine Gedanken hoffentlich beruhigen.
Auf nächtlichen Reisen von Hof zu Hof studierte er das Wesen dieser ihm so unschuldig erscheinenden Frauen. Die bäuerliche Vertrauensseligkeit machte es ihm leicht, in das Haus seines nächsten Engels zu gelangen. Auf dem Land schloss man nachts nicht ab. Die harte Arbeit im Freien ließ die Menschen tief und fest schlafen. Nicht einmal das Knacken der jahrhundertealten Eichendielen unter seinen Schritten schreckte jemanden auf. So wurden Daniel schöne und friedliche Momente bei der Betrachtung der Schlafenden geschenkt. Das gleichmäßi-

ge, etwas säuselnde Atmen des jungen Mädchens, der sich auf und ab bewegende Brustkorb ließ ihn nicht los. Er sah, wie sein Schatten im Mondlicht auf das Federbett fiel und wie liebevoll und entspannt das Gesicht vor ihm war. Wie würde sich dieser Ausdruck wohl verändern, wenn sich das Tor ins goldene Reich jenseits des Melkschemels öffnete?

Es war noch nicht an der Zeit, und es war nicht der richtige Ort dafür, aber die Uhr hatte zu ticken begonnen.

Seine Kommilitonen fuhren Taxi, kellnerten oder schoben Nachtwachen im Krankenhaus, aber Daniel, ausgestattet mit der angenehmen Erbschaft von seiner kinderlosen Tante Marianne, erlaubte sich kleine Extravaganzen wie einen Zweitwagen und ausgesuchte Kleidung. Natürlich nur für besondere Tage, spezielle Anlässe.
Die sonst nur durch ihre 1,91 Meter große hagere Gestalt, das kantige blasse Gesicht, eingerahmt durch gewellte schwarze Haare, aus der Masse hervorstechende junge Student wechselte nachts die Spur und tauchte in ein dandyhaftes Leben ein. Seine Jeans, die ausgetretenen derben Stiefel und den an den Ellenbogen dünngescheuerten Lambswool-Pullover, unmissverständliche Kennzeichen des konzentrierten Studenten, tauschte er gegen ein weißes Oberhemd, einen schwarzen Maßanzug aus italienischer Wolle und schmal geschnittene schwarze Lederschuhe aus. Gegen 1:30 Uhr startete er

seinen anthrazitfarbenen Volvo, im Volksmund auch „Schneewittchensarg“ genannt, und fuhr los.

Bevor auf dem Gelände der „Alten Gärtnerei“ in Bremen-Weyhe die schweren Abrissfahrzeuge heranrollten, um Platz für „Ländliches Wohnen in Stadtnähe“ zu schaffen, besuchte Daniel das charmante Gewächshaus, um die Atmosphäre dieses Ortes ein letztes Mal einzufangen. Jahrelang war es ein „lost place“ gewesen, nun sollte wieder Leben einziehen. „Are we free?“, hatte jemand mit roter Graffitifarbe auf ein paar unversehrte Scheiben gesprüht. An vielen Stellen ragten messerscharfe Glaszacken aus dem metallenen Raster des Hauses heraus. Weinranken und Rosen an der Rückseite verliehen Daniels Smartphone-Aufnahmen einen romantischen Touch. Schade, dass diese Atmosphäre nicht mit in die neuen Häuser hinübergerettet werden kann, dachte er, als er das Gewächshaus betrat. Wie viele Generationen an Stiefmütterchen hier wohl herangezogen worden sind? Was wüssten sie zu berichten? In Gedanken versunken wäre er beinahe über den beschmutzten grünblauen Stofffetzen gefallen, der sich aus dem Boden hervorwölbte. Untrennbar schien beides miteinander verwoben zu sein.
Bald würde nichts mehr von all dem zu sehen sein, stattdessen neue Sachlichkeit auf Betonfundamenten. Daniel würde eines dieser Eigenheime besitzen und den zinnoberroten „Schneewittchensarg“, den er gerade ei-

nem in Bremen lebenden Skandinavier abgekauft hatte, davor parken.

Bis zum Umzug ins neue Haus würden noch mindestens drei Monate vergehen, aber seinen neuen Volvo wollte Daniel schon für sein neues Leben startklar machen. „Ziggy Stardust“ versetzte ihn zurück in die Baujahre seines Autos, während er die fleckigen Teppichstücke aus dem Kofferraum entfernte. Darunter offenbarte sich etwas Überraschendes: Der Wagen war gar nicht von Beginn an zinnoberrot lackiert gewesen. Es spielte eigentlich keine Rolle, und er konnte es auch nicht wirklich begründen, aber tief in seinem Innern fühlte Daniel sich getäuscht. Der Schwede hätte ihm mitteilen können, dass das Auto nicht mehr seinen Originalfarbton hatte.

2 Die Silhouette

Einen Fernseher hatte er seit einigen Jahren nicht mehr, weil ihn das Mainstreamprogramm bis auf die Knochen langweilte.
„Hey, Daniel, du fährst das Todesauto!“ Matthias warf ihm diese Behauptung gestern Mittag in der Bar gegen die Stirn.
„Was erzählst du da?“

„Du solltest öfter Aktenzeichen XY einschalten. Dann wärst du auch unter den Wissenden. Ach ja, Freigeist Daniel nutzt nur noch alternative Medien."
Wie von fremder Hand gesteuert setzte sich ein grausiges Bild vor Daniels Augen zusammen. Hatte wirklich er, gerade er, das gesuchte Fahrzeug in seiner Garage stehen? „So ein Quatsch! Ich bin doch nicht der Einzige, der einen alten Volvo-Kombi fährt."

„Bei Erdarbeiten auf dem Gelände der ‚Alten Gärtnerei' Bremen-Weyhe sind vor zwei Wochen die Überreste dreier Frauenleichen, eingehüllt in feste dunkle Stofftücher, entdeckt worden. In jedem dieser Pakete wurde eine dicke Gardinenkordel gefunden. Offensichtlich handelte es sich bei den drei Personen um die seit Ende der 1970er-Jahre vermissten jungen Landarbeiterinnen aus dem Landkreis Verden. Sie waren von ihren morgendlichen Melkfahrten nicht mehr zurückgekehrt."
So las es nun auch Daniel in der lokalen Zeitung im Artikel über den Fall, der kürzlich erneut aufgerollt worden war.

Betty Stuckenschmitt hatte schon in den 1970er-Jahren nachts öfter wachgelegen, weil sie noch immer von Bildern des letzten Krieges überfallen worden war. Sie war aufgestanden und ein paar Schritte in ihrem Zimmer umhergegangen. Beim Blick aus dem Fenster war sie durch die Netzgardine hindurch vom Scheinwerfer eines lang gezogenen dunklen Wagens getroffen worden. Danach war sie nicht wieder eingeschlafen. Immer wieder kreisten ihre Gedanken auch jetzt, nach all den Jahren, um eine Frage: Was hatte dieser merkwürdige Wagen nachts auf Schuhmachers Hof gewollt? Eine Woche später war die junge Berta spurlos verschwunden gewesen.

Betty verpasste keine Aktenzeichen XY-Sendung, auch heute nicht. Zwischendurch war sie eingenickt, aber das Wort „Verden“ holte sie blitzschnell in die volle Aufmerksamkeit zurück. Ihr Herz pochte bis zum Hals, und sie spürte die Auslegeware unter ihren Füßen nicht mehr, plötzlich war sie wieder mitten im Geschehen. War das, was sie damals im Juli 1979 hier beobachtet hatte, doch von Bedeutung? War der Fahrer des „Schneewittchensargs“, den sie in jener Nacht gesehen hatte, ein Mörder? Hatte er die arme Berta umgebracht? Sie hatte seine kantige Silhouette im Wagen damals schon furchterregend und gruselig gefunden, aber in der Geschäftigkeit des folgenden Tages hatte sich dieser Eindruck verloren.

Sollte sie sich nach der ganzen Zeit melden und über ihre Beobachtung berichten? Ob ihr Herz das alles mitmachen würde? Man würde sie nicht ernst nehmen und beginnende Altersverwirrtheit bei ihr diagnostizieren. Sie schenkte sich einen Orangenlikör ein, rief Inge an und am nächsten Morgen die Kripo.

„Frau Stuckenschmitt, wir sind Ihnen sehr dankbar für Ihren wertvollen Hinweis. Wir nehmen das erst mal so auf und prüfen das."
„Herr Buhsemann, ich bin 81, habe zwei Kriege durchgemacht und nun das noch!"
„Ja, das Leben legt sich manchmal gefährlich in die Kurve, Frau Stuckenschmitt. Es ist, wie es ist."
„Das sagen Sie so."
„Wir haben hier schon einiges gesehen und erlebt. So friedlich, wie es den Anschein hat, ist es auch im Landkreis Verden nicht."
„Nun machen Sie mir nicht noch mehr Angst. Nächste Nacht will ich endlich wieder schlafen."
„Es gibt Menschen, bei denen die Sicherungen durchbrennen. Die hat es früher gegeben, und die gibt es heute. Sie bekommen davon dahinten in der Marsch auf Ihrem Hof sonst wenig mit. Seien Sie froh!"
„Wie war dieser Mann denn ausgerechnet auf Berta und auf Schuhmachers Hof gekommen?"
„Das werden wir noch sehen. Vielleicht hat das alles gar nichts mit dem Todesfall zu tun. Berta Mindermann hat schließlich noch eine Woche nach Ihrer Beobachtung gelebt."

Es könnte sich so zugetragen haben: Der Täter hat seine Opfer nachts beobachtet, sich in Stimmung gebracht und die Frauen eine Woche später in der Morgendämmerung beim Kühe-Melken mit einer Gardinenkordel erdrosselt.

Daniel wurde heiß und kalt. Er atmete tief durch und versuchte, sich davon zu überzeugen, dass der Täter nicht ausgerechnet mit seinem Kombi unterwegs gewesen war. Nein, es konnte nicht der Leichenwagen der vermutlich getöteten Melkerinnen sein, den er da gerade gekauft hatte!
Die Welt schien ihm einen Streich zu spielen. Er, der Menschenfreund und Wissenschaftsautor, sollte in den 70er-Jahren vier junge Mädchen grausam ermordet haben, nur weil er diesen Oldtimer fuhr und seine der Physiognomie des Täters ähnelte? Andererseits hörte er überall um sich herum: „Es gibt doch keine Zufälle! Du fährst das Auto! Dann musst Du es gewesen sein!"

3 Das Pfauenauge

Die Sonne stand schon tief. Die Strahlen trafen die abgestoßene Pappschachtel mit den Gardinenkordeln von seiner Tante. Fasziniert vom feinen Glanz der sich umeinander windenden Kordelstränge betrachtete Daniel die beiden letzten Exemplare und legte sie sorgfältig wieder zurück in ihr Bett aus vergilbtem dünnen Papier. Aus Seide waren sie nicht, obwohl Marianne das behauptet hatte.

Welches Mädchen müssten als Nächstes gerettet werden?

Was für ein Tag! Hochsommer in Bremen! Daniel beschloss, gegen Abend mit Ilian zum Baden zu fahren. Die Weser mit ihren reißenden Strudeln war nur etwas für geübte Schwimmer. Daniel wollte heute nicht lange gegen die Strömung kämpfen. Tropfnass saß er bald wieder am Deich und sah zu, wie der Stock, den er ins Wasser geschleudert hatte, schnell flussabwärts trieb.
Ilian kam ein paar Meter weiter nördlich ans Ufer, sein Körper reflektierte die abendlichen Sonnenstrahlen. Es war idyllisch hier am Weserbogen mit den weit geschwungenen Buchten und den Kopfweiden.
Jahrhundertealte Eichen standen wie große Wächter in der platten Landschaft. Das Weideland war größtenteils in Ackerland verwandelt worden, aber gelegentlich begegnete man noch Milchvieh.

Ungeduld stieg in ihm hoch, vor ihm fuhr ein Trecker mit Melkanhänger. Hier auf dem Feldweg zu überholen wäre sehr gewagt gewesen und hätte das Bild des hektischen Großstädters bestätigt. Er ließ der Landwirtschaft den Vortritt. Ein glänzender Zopf lugte unter dem Kopftuch der Treckerfahrerin hervor und schwang auf ihrem breiten Rücken hin und her. Die Menschen im Dorf waren wie aus einer anderen Welt. Dieses Engelhafte und zugleich Mütterliche in ihren Gesichtern begegnete ihm nicht in seinem Bremer Milieu.

Eine dunkle, schwere Gardine hüllte sie ein. Im Verpuppungsstadium trieb sie den Strom hinunter, bald würde sie frei sein wie ein schönes Pfauenauge. Ihr Schmerz war vorbei.

Wieder hatte er schon die Vorbereitungen zelebriert. Sein Hemd war frisch gewaschen, der Anzug ausgebürstet und die Schuhe gepflegt. Heute musste es der Volvo sein, denn der beigefarbene Passat, mit dem er zur Uni fuhr, wäre nicht adäquat gewesen für diesen feierlichen Anlass. Den Kofferraum hatte er mit der kostbaren Gardine ausgelegt.
Manchmal wusste Daniel nicht mehr, in welcher Spur er sich befand. Es war so einfach, hin und her zu springen zwischen kühler, ganz im Kopf ablaufender Wissenschaft, der totalen Abstraktion einerseits und dieser Feierlichkeit, dem Mysteriösen, Übersinnlichen andererseits. Das, was er als großes Reich außerhalb von sich wahrnahm, hatte vor seinem transformierenden Eingriff eine höchst irdische Gestalt. In ihm vermischte sich das alles immer mehr. Trotzdem wusste er jederzeit, wie er sich zu kleiden, zu sein und zu handeln hatte - so, als wäre er von einem höheren Punkt aus gesteuert worden. Niemand konnte in ihn hineinschauen. Es strahlte nichts nach außen, und es hatte den Anschein, als führte

er das Leben eines typischen Soziologiestudenten Ende der 70er-Jahre in Bremen. Stuhlkreise, graublauer Zigarettenrauch in allen Räumen. Es ging ihm nicht darum, so schnell wie möglich den Abschluss zu machen, sondern um Gesellschaftskritik. Daniel sah Krater und Klippen, und es würde Jahre dauern, unsere Systeme so umzubauen, dass die sozialen Gräben merklich schmaler würden. Wahrscheinlich würde er es selbst gar nicht mehr erleben. Es musste doch ganz anders funktionieren, als in seinen Studium diskutiert wurde. Auf subtile Weise ergriff eine Rettungsmission Macht über ihn.

Konnte er es wagen, seine Gedanken mit Ilian zu teilen?

Katharina fuhr mit ihm und seinem zinnoberroten Volvo gern in die wilde Vergangenheit. Ihre Bluse mit psychedelischem Muster, neben ihr Daniel mit der Aura des ewigen Studenten. Lou bestätigte es: „A perfect day". Durch den abgestandenen Geruch, der aus den Autositzen drang, fühlte sie sich heute nicht gestört. Sie tingelten über die Dörfer und vorbei an der Kommune, in der sie vor gut vierzig Jahren gelebt, geliebt und selbst Angebautes geraucht hatten. Noch immer war es ein Zentrum alternativer Lebenskultur und ein Ort der Sehnsucht für das erfolgreiche Autorenpaar.
Als sie die schnurgerade, rechts mit rauschenden Pappeln gesäumte Straße am Aller-Weser-Kanal entlang

fuhren, zog Daniels Magen sich zusammen. War es hier gewesen?

Eduard Buhsemann von der Kripo Verden schaute über die Ränder seiner Brille. „Wir haben einige belastende Fakten. Sie wissen, was ich meine."

Daniel war genervt. „Nein, Herr Buhsemann. Ich bitte um klare Fragen. Dann bekommen Sie auch klare Antworten."

„Es wird Ihnen nicht helfen, wenn Sie sich jetzt aufregen. Die Beweislage ist ungünstig."

„Bitte, was wollen Sie von mir? Werden Sie endlich konkret!"

„Sie besitzen den Volvo, den man 1979 in der Woche vor dem grausamen Mord an Berta Mindermann nachts auf ihrem Lehrhof gesehen hat. Sie sind 1,91 Meter groß und entsprechen in Ihrer Gestalt exakt der Beschreibung, die wir von der alten Dame, die damals auf dem Nachbarhof wohnte, bekommen haben. Sie waren Ende der 70er-Jahre Student der Soziologie an der Universität Bremen, und Ihre Kommilitonen erinnern sich noch genau an den hageren Daniel, der die Diskussionen mit exzentrischen Beiträgen anheizte. All das sind doch hieb- und stichfeste Indizien!"

„Bitte verschonen Sie mich mit Ihrer Suggestivstrategie. Ich gehe diesen billigen Methoden nicht auf den Leim."

„Was Rhetorik angeht, fühlen Sie sich auf der sicheren Seite, aber glauben Sie mir: Damit kommen Sie bei uns nicht weiter. Die Fakten sprechen gegen Sie!"

„Welche Fakten sollen das sein, Herr Buhsemann?"

„Ich habe sie Ihnen bereits genannt. Sie müssten die Definition des Wortes ‚Fakt' doch viel besser kennen als ich."

„Herr Buhsemann, diese kindische Ebene möchte ich jetzt verlassen. Was wollen Sie von mir? Ende der 70er-Jahre fuhren Tausende von diesen Volvos durch die Gegend, auch in Anthrazitgrau, so wie mein Wagen wohl ursprünglich lackiert war. Es gab nicht nur einen großen schlanken Daniel, der in Bremen etwas Gesellschaftswissenschaftliches studiert hat und durch intelligente, kritische Beiträge in Diskussionsrunden aufgefallen ist. Das, was Sie auf den Tisch legen, sind doch völlig unspezifische Merkmale! Und glauben Sie wirklich, dass ich noch immer dieses Auto fahren würde, wenn ich vor ungefähr vierzig Jahren damit Mordopfer transportiert hätte? Ich habe den Wagen vor Kurzem von einem Schweden über ein Kleinanzeigenportal gekauft. Er wird es bezeugen können, und es steht doch auch in den Fahrzeugpapieren."

„Soeben erreichte uns die Information, dass die Überreste der drei Frauenleichen alle in denselben wahrscheinlich petrolfarbenen Stoff eingewickelt waren. Man hat sie bei Erdarbeiten auf einer Baustelle gefunden. Können Sie damit etwas anfangen?"

„Ich hätte bordeauxroten Samt zum Verhüllen der Leichen ausgewählt, Herr Buhsemann.“ Mühsam versuchte Daniel, das Zittern in seiner gepressten Stimme zu verbergen.
Petrolfarbener Stoff? Den hatte er beim Gang über das Gelände der „Alten Gärtnerei“ in Bremen-Weyhe aus dem Boden ragen sehen, dort, wo ein Gewächshaus stand und inzwischen die Betonfundamente für „Ländliches Wohnen in Stadtnähe“ gegossen worden waren.
„Ich muss jetzt los. Habe einen wichtigen Termin, Herr Buhsemann.“
„Ja, ich verstehe, dass Sie sich erst mal erholen müssen. Wir melden uns!“
Daniel stieg in seinen Tat-Volvo. Seit wann war Bremen Vier ein Oldie-Sender?
„Don't let me be misunderstood.“

4 Auf Aale

Aufmarsch in grüner Uniform am Himmelfahrtstag. Das Dorf schoss auf eine Scheibe. Man meinte, dass es gut sei, dabei zu sein. Man hielt auf jeden Fall zusammen, und die Uniform zeigte es an. Man trank viel Klares, und je mehr man trank, desto mehr gehörte man dazu, und desto leichter wurde es, leicht zu sein und zu tanzen. Die Kinder und Großmütter am Nachmittag, die Paare am Abend des zweiten Feiertages zu Ehren des Königs. „Mendocino.“

Das alles sah gut aus, und es machte fröhlich. Man konnte sich aufeinander verlassen. Berta träumte von Jürgen, auch wenn er ein ungelenker Tänzer war. Sie würde ihm bei seinen Kühen helfen.
Die heitere Tanzkapelle aus dem Nachbardorf eröffnete den Kindern den Zugang zu einer kleinen Partywelt. Es gab nicht nur harte Arbeit in diesem Dorf, sondern auch Ausgelassenheit in Sommerkleidern. Hemmungsloses Verschlingen von Zuckerwatte und erwartungsvolles Öffnen der Wundertüten, in denen sich jedes Jahr ein Gummikettchen mit pastellfarbenen klebrigen Zuckerperlen zum Tragen und Aufessen befand. Auch Rolltröten mit einer bunten Feder am Ende, aber nach dreimaligem kräftigem Hineinblasen platzten sie zum Glück. Hier zeigte sich auch zum ersten Mal in aller Deutlichkeit, wer Randsteher und einsam war.
So viel Festlichkeit, Überschwang, Musik. Das Böse suchte sich nur ein paar Wochen später genau diesen Ort und eine von Grund auf gute Frau. Das Dorf fragte, wie das geschehen konnte, und lag starr dort an der Weser.

Wieder einmal kam unangekündigter Besuch vorbei. Rüdiger Kühl sah ein längliches menschenförmiges Paket aus der Ferne an sich vorüberziehen. Eigentlich war er wegen der Aale hier am alten Weserbogen. Die Schlangenartigkeit dieser Fische löste keinerlei Gefühle in ihm aus. Ebenso wenig tat es die in ein Tuch gewun-

dene, oben und unten verschnürte Leiche. In seinem langen Anglerleben war dies nicht die erste derartige Begegnung. Die Kripo sollte es wissen. Man wickelte sich nicht selbst in Stoff ein und warf sich in die Weser. Auf jeden Fall wäre es technisch kompliziert gewesen. Das kindliche Bild vom Sackhüpfen amüsierte ihn.
Am selben Augustabend noch meldete er seine Beobachtung der Kripo Verden.

Die im damastartigen grünblauen Gardinenstoff vorgefundene, als Berta M. identifizierte Frau, wurde seit ein paar Tagen vermisst. Wie bei den anderen drei jungen Mädchen, die in diesen Hochsommerwochen nicht vom morgendlichen Kühemelken zurückgekehrt waren, handelte es sich um eine Melkerin. „Die Fälle hängen vermutlich zusammen", hieß es vonseiten der Kripo. „Damit sinkt die Hoffnung, dass die ersten drei verschwundenen Frauen noch am Leben sind."
Das Lokalblatt berichtete in den darauffolgenden Tagen in einem ausführlichen Artikel.
„Wer wird die Nächste sein? In dieser Weidesaison wird keine junge Frau in der Morgendämmerung mehr ohne Begleitung zum Melken fahren. Hat der Mörder es wirklich ausschließlich auf Melkerinnen abgesehen? Lähmende Angst macht sich unter den jungen Frauen in den Dörfern des Kreises Verden breit."
„Wo kann ich mich noch sicher fühlen?", fragte sich die 21-jährige Marlies Ernst im Interview mit dem Lokalre-

dakteur. Sie wagte es nicht mehr, ihr Heimatdorf abends oder frühmorgens allein mit dem Fahrrad zu verlassen. Es schien ein System hinter den grausamen Gewalttaten zu stecken, ein Ritual. Wie viele verschiedene Versionen hatte der Täter in seinem Repertoire?
Es kamen kühlere Tage, und bisher gab es keine weiteren Opfer, aber wer wusste, nach welchen Mustern die Morde begangen wurden? Die Polizei hatte trotz akribischer Ermittlung und zahlreicher Hinweise aus der Bevölkerung keine heiße Spur. Sowohl die ersten drei Frauen als auch ihr potenzieller Mörder schienen sich im Herbstnebel aufgelöst zu haben.

5 Die Reisetasche

Der Eigentümer würde sie sicherlich bald vermissen und nach ihr suchen, deshalb hatte man die lederne Reisetasche erst einmal beiseitegestellt. Im obersten Regal ganz hinten hatte sie einen sicheren Platz gefunden. Gelegentlich war ein schwacher Lichtstrahl auf das stellenweise abgewetzte und nun platt darniederliegende Stück Leder gefallen, das so viele Geschichten zu kennen schien. Daniel hatte sie immer gern als Begleiterin genommen, dieses charaktervolle Andenken an seine polyglotte und Abenteuer liebende Tante. Nun sollte sie in Vergessenheit geraten und eins werden mit dem dunklen Wandschrank.

Der kleine Dschungelort am Fluss veränderte in den letzten vierzig Jahren mehrmals sein Gesicht. Immer mehr Sinn suchende Europäer, US-Amerikaner und Australier entdeckten ihn für sich. Die entlegensten Winkel waren mittlerweile bequem erreichbar, und so viel Abenteuer wie noch vor zwei Generationen war mit einer Reise dorthin längst nicht mehr verbunden. Die Traumzeit passte sich wunderbar in das Urlaubskontingent von ambitionierten Managerinnen ein und ließ ihre hocherregten Nervensysteme einen inneren Frieden finden, um bereit zu sein für den nächsten Aufstieg.

Jetzt hatte sich ein „Hide-Away" oder „Resort" aus der einfachen Unterkunft der 80er-Jahre entwickelt. Vor zweieinhalb Monaten hat sie als „Green Periyar" neu eröffnet. Das stumpfe Oliv der letzten Dekaden ist überdeckt worden durch die Farben des Dschungels. Als der Wandschrank einer offenen Garderobe weichen sollte, nahm man die verstaubte Tasche mit Schimmelflecken überrascht als Relikt einer längst vergangenen Ära wahr. Was hatte die Zeit im Innern der Tasche zurückgehalten? Einen Schlüssel gab es nicht mehr, aber mit Gewalt konnte man sich dem Geheimnis nähern. Würde es mehr als Leere darin geben? Ein weißer Belag überzog den braunen Herrengürtel und das Etui mit Reisedokumenten, aber nicht die petrolfarbene Kordel.
„Warum lässt jemand seinen Pass und eine wertvolle Tasche auf Reisen zurück und erinnert sich nicht daran?

Außerdem ist diese Kordel merkwürdig. Warum hatte der Reisende sie überhaupt dabei?" Diese Fragen stellte sich Dhyan Singh, der neue Besitzer des Resorts, beim Untersuchen der Gegenstände mit einem Gefühl von rätselhaftem Unbehagen im Bauch. All das musste geklärt werden!

Er tippte deshalb die Nummer des Criminal Investigation Departments (CID) in das Display seines Smartphones und leitete seine Informationen weiter. Das CID signalisierte ihm, dass es wichtigere Angelegenheiten zu klären gäbe als die Reanimation einer staubigen Ledertasche aus Deutschland. Man hatte nicht einmal auf seine Frage geantwortet, was mit ihr geschehen sollte. Dhyan nahm sie in seine Obhut, weil er spürte, dass sie eine wichtige Rolle spielen könnte. Die Gedanken daran quälten ihn in den folgenden Tagen. Je stärker er dagegen ankämpfte, desto belastender wurde das Gefühl in seinem Bauch und ließ sich nicht abschütteln. „Wie lange soll ich das aushalten? Warum soll ich mich mit diesem unbequemen Ding herumschlagen, nur weil man mir nicht richtig zuhört?"

Zwei Tage später klingelte Dhyans Smartphone. Das CID. Inspektor Gupta.

„Herr Singh, entschuldigen Sie die Störung. Ich glaube, Sie sind ganz wichtig für uns."

„Ich hatte einen anderen Eindruck, als ich Sie das letzte Mal angerufen hatte, Inspektor Gupta. Ich weiß, es ist die blaugrüne Kordel!"

„Woher wissen Sie das?“

„Reine Intuition.“

„Okay, kommen wir zur Sache, Herr Singh.“

„Bitte sehr.“

„Es ist ein Fall, der nach vierzig Jahren plötzlich hohe Wellen schlägt. Von Interpol haben wir gerade die Meldung erhalten, dass das Wellenzentrum in Norddeutschland liegt. Dort sind 1979 vier junge Landfrauen nach demselben Muster mit blaugrünen Gardinenkordeln getötet worden. Man geht davon aus, dass es Ritualmorde waren und dass die Fälle zusammenhängen. Bei Bauarbeiten hat man vor Kurzem genau diese Kordeln gefunden, zusammen mit den sterblichen Überresten von drei Frauen, die in blaugrünen Gardinenstoff eingehüllt waren. Die vierte Leiche, die man als Berta M. identifizieren konnte, hatte ein Angler schon 1979 in der Weser entdeckt.“

„Und nun meinen Sie, die Kordel aus der Reisetasche hat etwas damit zu tun?“

„Die chemische Untersuchung der Fasern, DNA-Analysen von Spuren des Verdächtigten und seine Reisedokumente könnten ein komplettes Bild ergeben.“

Dhyan stellte seine Fundstücke zur Verfügung. „Warum hören die Leute nicht gleich auf mich?“ Nach einem Anflug von Beleidigtsein überwog die Erleichterung darüber, sich nicht mehr um dieses Mysterium kümmern zu müssen.

6 Farbwechsel

Volvo P1800 ES, anthrazit, Automatik. Der Wagen fädelte sich im neuen Zinnoberrot nahtlos ins Bremer „Viertel“ ein. Ilian wollte ihn nur anschauen, nicht allein wegen des Designs. Das Auto hatte eine ganz besondere Bedeutung für ihn.

In seinen Raumkonzepten ließ Ilian Innen- und Außenwelt miteinander verschmelzen. Wo sich die Sonne selten zeigt und meistens tief steht, brauchen Häuser große Öffnungen. Die Schnörkellosigkeit der nordischen Landschaft und die durch nichts gestörte Horizontlinie übertrug er in seine Entwürfe. Sie überzeugten durch Schlichtheit, auch in der Material- und Farbwahl. Holz, Stahl, Glas, Beton, alles großflächig. Damit traf er noch immer den Nerv der Zeit und den Geschmack wohlhabender Industrieller in Skandinavien und seit über vierzig Jahren auch den seiner norddeutschen Klientel. Ilian wusste, was er kann, und er wusste es zu vermarkten. Die Geschäfte von „Persson-Architekturen“ liefen hervorragend.

Der rote Volvo war auch für Daniel ein reines Liebhaberauto, aber die Geschichte, die im Kofferraum mit ihm zu fahren schien und ihn jetzt überrollte, löste immer wieder Unbehagen in ihm aus. Er wollte nichts damit zu tun haben.

„Herr Buhsemann, sehen Sie sich die Papiere an! Ich besitze diesen Wagen erst seit Anfang des Jahres. Zum Zeitpunkt des Verschwindens der jungen Frauen hatte ich eine hellblaue verbeulte Ente, soweit ich mich erinnere. Auf jeden Fall war es kein neuer Volvo. Den hätte ich mir damals gar nicht leisten können."

„Ausnahmsweise gebe ich Ihnen recht. Lassen Sie mich sehen. Ein Daniel Brody war also der Fahrzeugeigentümer zum Tatzeitpunkt."

„Das heißt, dass Sie Ihre Aufmerksamkeit nun von mir abziehen?"

„Nicht ganz, nein! Immerhin sind Sie der Eigentümer des Fahrzeugs, das die alte Frau Stuckenschmitt in einer schlaflosen Nacht kurz vor dem grausamen Mord auf dem Lehrhof des Opfers gesehen haben will. Wir benötigen das Fahrzeug zur Spurensicherung."

Damit endete Daniels Leidenschaft für diesen Wagen. Er hatte keine Lust, sich bei jeder Fahrt an die Gräueltaten eines Psychopathen erinnern zu lassen, und fragte sich, wer den Wagen kaufen würde, wenn die Story erst im Internet gelandet war. Daniel Brody. Wer war Daniel Brody? Daniel kannte keinen anderen Studenten mit demselben Vornamen aus seinen damaligen Dunstkreisen.

Ein weiteres Detail, der grünblaue Stoff, den er im Gewächshaus auf dem Grundstück seines zukünftigen

Hauses gesehen hatte, peitschte seinen Adrenalinspiegel noch einmal hoch. Er hatte den Kaufvertrag für „Ländliches Wohnen in Stadtnähe" schon Monate vor dem seltsamen Fund der drei Frauenleichen unterzeichnet. Sollte er wegen dieser Geschichte davon zurücktreten?
„Daniel Brody, lass deine Finger aus meinem Leben! Die Erde scheint dich verschluckt zu haben, aber mit welchem Recht regierst du meine Gedanken und meine Gefühle?"

7 Azurjungfern

Umgeben von Wollgrasbüscheln lauschte er den Vögeln in der feuchten Morgenluft. Ein kleines Hochmoor, in dem noch vor 20 Jahren Torf abgebaut worden war, ließ ihn mit den holzig-moosigen Gerüchen und der Unendlichkeit des Stoffwechsels eins sein. Das war der Sinnenrausch, den die Maler zur Jahrhundertwende hier gespürt haben mussten.
Heidekraut, Sonnentau und Moosbeeren, Azurjungfern, Kraniche. Beinahe wäre er hier einmal auf eine Kreuzotter getreten. Kratt-Eichen wanden sich knapp über den Boden und bildeten skurrile Formen. Er mochte diesen schmalen Grat zwischen Traumwelt und Wirklichkeit. War die Wirklichkeit das, was ihn drei Stunden später in Hörsaal C beim Referieren über Beziehungsgeflechte erwartete? Worin bestand der Unterschied zu den Pilzmyzelien, mit denen der Boden durchzogen ist? Das,

was wir als Pilz essen, ist nur seine Frucht. Der Pilz selbst wächst unter der Erde so wie die Kräfte zwischen Menschen in Gegenwart, Vergangenheit und Zukunft. Manchmal blickte Daniel nicht mehr durch und war gefangen in diesen seltsamen Verstrickungen. Das, was die meisten Menschen gar nicht wahrnehmen, war für ihn eine tägliche Herausforderung. Seine Sinne waren fein. Deshalb mochte er als Kind keine kratzigen selbst gestrickten Pullover tragen und fand er die Konsistenz von Fleisch eklig. Der Knall eines zerplatzenden Luftballons schlug ihn in die Flucht. Abends vor dem Einschlafen schaute er unter sein Bett, um zu prüfen, ob dort Kopffüßer lauerten. Er mochte die Farben und Formen der Natur, den Wechsel der Jahreszeiten, Musik, Literatur, Kunst, Architektur - alles Ästhetische. Wie ein Schwamm sog er Stimmungen und Verhaltensweisen der Menschen um ihn herum auf, sodass er zwischen Euphorie und Melancholie hin und her geschleudert wurde. Schroffheit, Beleidigungen, Ignoranz betätigten bei ihm innere Schalter, die sein Nervensystem sofort bis zum Anschlag hochfahren ließen. Tagelang hatte er damit zu tun, wieder in den Grundzustand zurückzugelangen. Manche Worte trafen ihn im Kern. Er konnte sie nicht vergessen und begann unbewusst, sein Leben daran auszurichten.

Sekundenschnell erfasste er Zusammenhänge und formte sie zu brillanten Wortbeiträgen. So endeten viele Veranstaltungen bei anderen Themen, als seine Profes-

soren vorausgeplant hatten. Daniels Denken war ebenso reichhaltig und verzweigt wie die Pilzhyphen im Erdreich. Das Wechselspiel zwischen unnahbarem Intellektuellen und sinnlichem Ästheten schien ihm zu gefallen. Die Natur war eine wohlwollende Freundin für ihn, eine Frau, die ihn umfing und sich gerne von ihm anschauen ließ. Ähnlich empfand Daniel, wenn er seine schlafenden Puppenfrauen betrachtete.
Elke war eine von ihnen. Sie hatte dunkles, kräftiges, aber strähniges Haar, das zu einem strengen Zopf geflochten war. Gerade hatte sie ihre Ausbildung zur Melkerin begonnen. Warum ähnelten sich diese jungen Frauen so sehr? Standen ihre starke Statur und ihr unbekümmerter Gesichtsausdruck in einem Zusammenhang mit ihrem Innenleben, ihrer Natur, ihrem tiefsten Wesen? Daniel fühlte sich wie von einem psychologischen Forschungsauftrag erfüllt. In seine nüchterne Beobachtung mischten sich Mitleid und Ergriffenheit, wie er es sonst in seinem Leben noch nie empfunden hatte.

Der Volvo parkte einige hundert Meter vom Hof entfernt an einem der tiefen, schnurgeraden Gräben. Durch den betörend duftenden Bauerngarten mit den von Buchsbaum gesäumten Rabatten näherte er sich vorsichtig dem hinteren Teil des Wohnhauses. Der Schäferhund war schon alt und schlug auch dieses Mal nicht an. Die gebückte, faltige dünne Frau, die seit Ende des Krieges das Haus nicht mehr verlassen hatte und der ihr langes schwarzes Kleid nur zu Geburtstagen mit einem weißen Kragen etwas Leben verlieh, übte eine seltsame Faszination auf ihn aus. Sie schritt den langen Flur auf und ab, ansonsten saß sie still auf die Wand blickend in ihrem Sessel. Sie strickte schwarze Strümpfe, um das Gestrick nach dem Tragen wieder aufzuribbeln. Sie musste Daniel nicht erlösen. Sie hatte sich für einen lebenden Tod entschieden. Ihr Schlaf war, anders als bei vielen anderen alten Menschen, sehr fest. Daniel hörte nur ein leises, pfeifendes Geräusch in ihrem Zimmer.

Seine Atmung wurde flacher, und sein Herz schlug schnell, aber sein Körper beruhigte sich in der Kammer des Mädchens sofort wieder. Er war sich sicher. Es war Elke, die er als Nächste retten musste.

8 Zwischenwelt

Klempnerei Brody lief gut. Sie verhalf der Familie zu einem bescheidenen Nachkriegswohlstand. Es gab viel zu tun, denn Bremen-Gröpelingen wurde in den 1950er- bis 1970er-Jahren rasant mit Wohnblocks und Reihenhäusern wieder aufgebaut.

Daniels Mutter erledigte die Büroarbeit für seinen Vater und sorgte sich ansonsten um den Haushalt. Seine Eltern wünschten sich einen normalen, aufgeschlossenen, Fußball spielenden Jungen. In diese Form ließ Daniel sich in keiner Hinsicht pressen. Mimosenhaft, schüch-

tern und an außergewöhnlichen Dingen interessiert war er schon, bevor er zur Schule kam, und damit war sein Außenseiterleben vorgezeichnet.
Mit aller Deutlichkeit zeigte sich dies in der Pubertät durch seine exzentrische grau-schwarze Kleidung und in seiner seltsam ambivalenten Lyrik, angeregt durch sein Idol Rimbaud. Er glänzte in allen Schulfächern, die sein Interesse wecken konnten. In den Fächern hingegen, die ihn emotional nicht berührten, war er ein Totalversager. Seine Gefühle und sein scharfer Intellekt lenkten ihn durch das Leben und zunächst in das wachstumsfreundliche Biotop der Bremer Uni. Er blieb in seiner Heimatstadt, aber sein Elternhaus löste Erstickungsanfälle in ihm aus.
Das „Viertel" bot ihm das kulturelle Umfeld, nach dem er sich sehnte. Obwohl er Menschenansammlungen nicht immer aushalten konnte, tauchte er tief ins Nachtleben ab, um die Verwandlung der Menschen in zwielichtige Falter und Libellen zu beobachten. Sein Abstand erhöhte die innere Spannung. War das alles ein Film? Was machten diese anmutigen Schönen tagsüber?

Immer wenn Daniel eine Leere in seinem Inneren spürte, intensivierte er seine Streifzüge durch die Bremer Nacht. Seine Ansprache, sein Kleidungsstil, sein lässiger Gang, seine Art zu tanzen erzeugte bei beiden Geschlechtern besondere Fantasien.

Kühl, technisch, geradeaus denkend. Diese Eigenschaften liebte Daniel an ihm, als sie sich das erste Mal in der tiefen Nacht sahen. Er war der Gegenpol für ihn, der seine Sinne beruhigen konnte. Mit Ilian war das Leben wie ein meditativer Langstreckenflug, und so unerwartet wie Turbulenzen überfiel beide das Bedürfnis nach körperlichem Austausch. Es war eine intensive Zeit, und Daniel erschrak, als ihm bewusst wurde, wie stark er sich von Ilian fesseln ließ. Doch das Leben im Kosmos zu zweit reichte nicht mehr aus. Es engte ihn sogar ein. Etwas Größeres sollte ihn einhüllen und vollkommen durchdringen. Eine Spur davon versprachen ihm die Weite der Landschaft südlich von Bremen in einsamen Stunden am reißenden Strom der Weser, die Mittagshitze mit Lerchen in den Wümmewiesen, mooriger Birkenwald wie in Modersohns Bildern, daneben geradlinige, auf Ertragsmaximierung ausgelegte Äcker mit herbiziden Geruchsspuren. Daniel empfand die Natur als spirituellen Ort. Was aber war Spiritualität? Er hatte viel gelesen über Indien. Dort erhoffte er sich beides: die Anbindung an etwas Höheres und das totale Einssein mit gigantischen Pflanzen in regenschwerer Luft, die Laute eines unbekannten Tierreichs, geheimnisvolle Menschen. Oktober '79. Die Zeit war reif, um die Reise anzutreten, um zur Ruhe zu kommen.

9 Die Sonne Asiens

Nur wenige Stunden trennten ihn noch von Lotosblüten, Frangipani, Strelitzien, Orchideen, Teeplantagen. Die Erscheinungsformen der vielen fremden Pflanzen hier faszinierten ihn, und ihre Gerüche ließen ihn ihre besondere Magie erfahren.
Die Lotosknospe, ein Symbol des Universums, hat ihre Wurzel im schlammigen Gewässer und wächst nach oben, um sich in ihrer reinen Schönheit zu zeigen. War das der einzige Grund gewesen, hierherzureisen? Das Leben schien hier auf einer höheren Ebene zu verlaufen, war intensiver als in Norddeutschland. Die Macht der Tierwelt schlug ihm extremer entgegen als zu Hause. Ohne einen erfahrenen Führer wagte er sich nicht in die Lebensräume von Elefanten und Tigern vor. Die Unberechenbarkeit der Natur wurde ihm bewusst, denn auf Bäumen, im Gebüsch und im hohen Gras konnten giftige Vipern und andere Schlangen lauern. Er lehnte es aber ab, sich von dieser Angst kontrollieren zu lassen.
Von Munnar aus fuhr er durch die ursprüngliche Wildnis der Kardamom-Berge zur Teeplantage „Carmelia Haven" und schaute dort aus der Ferne den Pflückerinnen zu.
Eine grünblaue, zirpende, tropische Lagunenlandschaft empfing ihn am nächsten Tag. Ein Boot trug ihn über

die verzweigten Wasserstraßen im Hinterland Keralas in das Feld einer scheuen anmutigen Frau. Immer wieder versuchte er vergeblich, solche flüchtigen und geheimnisvollen Begegnungen als deutliche Bilder in seiner Erinnerung festzuhalten. Verlässlichkeit und Bodenständigkeit hatte er in höchster Reinheit nur bei den Melkerinnen gefunden. Doch diese Frauen waren frei von jedem Zauber. Um diesen Widerspruch in seinem Inneren aufzuheben, musste er seine Ebene verlassen, sich von etwas verabschieden und dem Fluss vertrauen. Der Periyar war der längste und wasserreichste Strom in Kerala.

Die Andersartigkeit, die feuchtwarme Luft, die vielen neuen Eindrücke nahmen Daniel in den ersten Tagen besonders in Beschlag. Ein bisschen bereute er, dass er alles immer sofort haben wollte. Sein Körper und seine Gedanken waren nicht so schnell wie das Flugzeug, das ihn hierhergebracht hatte, aber eine Reise per Anhalter im Stil der Hippies war auch nicht seine Sache. Diese grenzenlos offenen Backpacker gingen ihm auf die Nerven.

Seine lederne Reisetasche war ein besonderes Accessoire, aber sie war absolut unpraktisch. Ständig schlug sie ihm auf dem Weg zu seinem kleinen Hotel gegen die Knie. Ein unangenehmer Geschmack im Mund, der knurrende Magen und die verschwitzte Kleidung quälten ihn für einen kurzen Moment. Unruhe und Neugier trieben ihn nach einer erfrischenden Dusche sofort wie-

der auf die schreienden, quietschenden Straßen von Bangalore zurück.
Es war schwer, etwas besonders Hervorstechendes in den Gesichtern der jungen indischer Männer und Frauen zu erkennen. Hübsch, anmutig, vielleicht stolz waren sie, aufrecht und würdevoll in ihrer Haltung und ihrem Gang. Daniel langweilte diese Form perfekter Schönheit. Er hätte diese Menschen ansprechen und nachsehen können, ob es Geheimnisse unter der makellosen Hülle gab, aber sie verführten ihn nicht dazu, nach Tiefen zu suchen. Manchmal stellte er das vorschnelle Zuschlagen zwischenmenschlicher Türen infrage, aber es ging dabei um seine Gefühle, und diese konnte er nicht einfach mit dem Verstand umprogrammieren.
Erst einmal musste er sich herausretten aus der Abendhektik dieses ersten Tages. Man sagt, dass der Cubbon Park so etwas wie der Central Park von Bangalore sei. Die nächste Bank dort bot sich ihm an, um das Leben anzuhalten. Mit leerem Blick starrte er in die Ferne, wo er ein paar menschliche Umrisse erkennen konnte. Einzelne Gestalten lösten sich aus der Bewegung heraus und flossen wieder mit dem Rest zusammen. Das Gebilde wurde größer und klarer. Eine kleine Gruppe von Frauen schritt auf ihn zu, aber Daniel fühlte sich nicht als Ziel ihrer Aktivitäten, und der weitere Weg der Frauen gab ihm recht. Ihn kurz aus den Augenwinkeln musternd bogen sie vor ihm nach links ab.

Vieles in seinem Leben lief an ihm vorbei wie ein Film. Er war ein präziser Beobachter, für den alles schon beim Ansehen so berührend war, als wenn er es selbst erlebte. Diese Rolle gefiel ihm, aber manchmal hätte er den Verlauf der Dinge gerne stärker beeinflusst, so wie Ilian es getan hatte.

Ilian war ein Macher. Kein lauter, polternder Mensch, sondern eine kontinuierlich treibende Kraft. Das hatte ihm schon im ersten Augenblick ihres Zusammentreffens gefallen, und es war noch immer so, nachdem Daniel seine nächtlichen Beobachtungen und Gedanken mit ihm geteilt hatte. Ilian war wie ein komplementäres Bild von ihm. Der erfolgreiche Architekt voller Schaffenskraft und mit genialen gestalterischen Ideen. Jeder Mensch musste sich in seinen Räumen wohlfühlen. Die skandinavische Klarheit, sein souveränes Spiel mit Licht, Fläche, Struktur, Transparenz - dafür hatte Daniel ihn immer bewundert. Wie es wirklich in ihm aussah, war für ihn nicht richtig greifbar gewesen. Wenn sie zusammen waren, war Ilian sehr sensibel, fast verletzlich, was sich ganz plötzlich in etwas ungeheuer Triebhaftes und Obsessives verwandeln konnte. Einerseits mochte Daniel diese Form der Unberechenbarkeit, andererseits spürte er, wie sehr er dadurch von Ilian abhängig geworden war.

Mitten in Bangalore, am ersten Abend nach seiner Ankunft, drängte Ilian sich in ihn hinein. Daniel konnte sich nicht dagegen wehren, so sehr er es auch versuchte.

Die nächsten Wochen, die vielen tausend Kilometer, die zwischen ihnen lagen, sollten ihm aber helfen, zu vergessen und die inneren Fesseln aufzulösen.

10 Geschmeidige Kette

Der Bus brachte ihn ins Hinterland. Wie lebten die Menschen hier? Es kamen dieselben Fragen in ihm hoch, die er sich zu Hause stellte, als er durch die Landschaft südlich von Bremen fuhr oder in den Wümmewiesen saß. Wir leben alle in derselben Zeit, aber wiederum doch nicht. Die Unterschiede in den Lebensentwürfen schienen ein epochales Ausmaß zu besitzen. Mussten die Menschen im Moor, in der Marsch und hier in den Teeplantagen und unter den Kokospalmen wirklich gerettet werden? Eigentlich war es anmaßend, über ihr Schicksal entscheiden zu wollen. Vielleicht waren sie ganz und gar zufrieden, und wenn nicht, würden sie wohl selbst einen Weg finden, dies zu ändern.
Wie gerne hätte er sich mit den einfachen Bauern und Landarbeiterinnen ausgetauscht, aber die Verständigung war unmöglich. Erneut blieb er in der Beobachterposition. An den Reaktionen der Menschen erkannte er, dass sie sich durch sein Verhalten bedroht fühlten. Er sollte etwas vorsichtiger und behutsamer sein.
Bei der Weiterfahrt im überfüllten, in Europa wohl längst ausrangierten Bus starrte man ihn an und nahm ihn auch körperlich in Beschlag. Sein Bewegungsspiel-

raum begrenzte sich auf wenige Zentimeter, aber immerhin war er durch das ihn umgebende Menschenpolster vor dem Sturz im beständig schaukelnden Tata-Bus geschützt. Der impulsive Fahrstil erzeugte eine Welle, die eine junge Frau aus den Niederlanden in seine Nähe spülte. Sie war offensichtlich die einzige andere Europäerin hier. Ihre brünetten, konzeptlos geschnittenen Haare fielen immer wieder in ihre graublauen Augen. Ihr schmales Gesicht hatte eine ganz andere Weichheit als die der Melkerinnen in Norddeutschland, die Sonne ihre Haut mit einem warmen Ton versehen. Daniel nahm ihren leichten Schweißgeruch wahr. Er versuchte, der Frau ein paar Worte zuzuwerfen. Sie konnten sich im Lärm zwar nicht verstehen, aber waren sich einig. In Munnar stiegen sie aus und ließen sich im Schatten eines alten Feigenbaumes nieder.
Eine Weile saßen sie sich stumm gegenüber. Daniel sah sich ganz klein in den Augen der Frau, und er hätte durch ihre großen Pupillen hindurchwandern können. Wie war wohl ihre Haut beschaffen? Wieder gab es viel zu erforschen, und ihr Blick signalisierte auf eine freche Art, dass sie ihm auf Augenhöhe begegnen würde. Ein Objekt war sie nicht.
Für beide war es eine leidenschaftliche, tiefe Begegnung, aus der nichts weiter erwachsen sollte. Ein Gewitter. Es gab nichts mehr zu tun, und sie wussten, dass es ein nicht wiederholbares Ereignis war. Am nächsten Tag

lösten sie sich voneinander und nahmen den Weg in entgegengesetzte Richtungen auf.
Daniel versuchte, Gefühle und Verstand zusammenzubringen. Interessant, wie sehr ein Mensch von so starken inneren natürlichen Kräften gesteuert werden konnte. Er wanderte wie betäubt durch die Hitze, ohne zu wissen, wohin. Er musste in Bewegung bleiben, um Energie loszuwerden, und bemerkte nicht, dass er viel zu wenig getrunken hatte. Immer wieder überfiel ihn ein leichter Schwindel, und schließlich konnte er nicht mehr anders, als sich etwas abseits vom Weg ins Gras zu legen. Er wollte sich nur kurz etwas ausruhen. Bevor er einschlief, spürte er einen warmen, glatten Körper an seinem Bein.

11 Spuren aus der Wissenschaft

Es hätte ein vollständiges Bild ergeben können: Daniel Brody war zum Tatzeitpunkt Eigentümer des anthrazitfarbenen Volvos, mit dem die Frauenleichen zum Gelände des zukünftigen „Ländlichen Wohnens in Stadtnähe" transportiert worden sind. Daniel Brody gehörte auch die Reisetasche, die beim Renovieren des „Green Periyar" in Indien nach so vielen Jahren wieder ans Licht getreten war. In dieser Tasche befand sich eine Gardinenkordel, die vom Material und Design her genau mit den Kordeln übereinstimmte, mit denen die Tücher der Mordopfer verschnürt waren.

An den Gardinen, in die die toten Frauen eingehüllt waren, wurden jedoch keine Spuren von Daniel gefunden, und damit fiel das Erklärungskonstrukt in sich zusammen.
Gab es Verdachtsmomente im Zusammenhang mit dem gegenwärtigen Besitzer des zinnoberroten Volvos P1800 ES? Unglücklicherweise war er über den identischen Vornamen, dasselbe Geburtsjahr und eine Daniel Brody ähnelnde Erscheinung ins Fahrwasser der Ermittlungen geraten. Eine DNA-Analyse konnte Daniel entlasten. Und doch würde er noch eine Weile brauchen, um sich wirklich erlöst zu fühlen, denn er besaß tatsächlich den Wagen, mit dem der Mörder unterwegs gewesen war. Darin wurden DNA-Reste entdeckt, die auch an den Leichentüchern nachgewiesen worden sind.
Dass ausgerechnet auf dem Gelände der „Alten Gärtnerei" in Bremen-Weyhe die Überreste der drei jungen Frauen bei den Erdarbeiten zum Vorschein kamen, setzte dieser absurden Geschichte die Krone auf. „Ländliches Wohnen in Stadtnähe" ließ angestaubten Landhauscharme vermuten, aber als Daniel erfuhr, dass der Komplex vom schwedischen Stararchitekten Ilian Persson entworfen worden ist, war sein Interesse geweckt. Er hatte Ilian schon durch den Verkauf seines alten Volvos kennengelernt und spürte dieselbe Wellenlänge. Daniel mochte Ilian und brachte ihm großes Vertrauen entgegen. Eine Frage beschäftige ihn jedoch unablässig: Warum begegnete ihm der grausame Ritualmord von

1979 gleich zweifach im Zusammenhang mit Ilian? Ilian war der Vorbesitzer seines Volvos und der Planer seines neuen Hauses. Zufall?
Daniel wollte die unangenehmen Assoziationen, die sein Auto und sein zukünftiges Zuhause überschatteten, endlich abschütteln. Das häufige Zusammentreffen mit Ilian in der Bauphase ließ das dumpfe Gefühl jedoch immer weiter wachsen.
Vierteilige Kettenhäuser mit gläsernen Anbauten aus recyceltem Holz und rostigem Metall, eingebettet in kleine Wildblumenwiesen. Damit konnte sich Daniel wunderbar identifizieren, und es wäre genau der richtige Ort zum Schreiben und Arbeiten, für sein Leben mit Katharina. Er musste Ilian aber mit seinen Gefühlen und Gedanken konfrontieren, um jegliche Zweifel an dessen Vertrauenswürdigkeit aus dem Weg zu räumen. Doch wie sollte er sich Ilian offenbaren, ohne die gute Atmosphäre zwischen ihnen und womöglich die Umsetzung seines Hausprojektes zu gefährden?

12 Unter Pappeln

Daniel war nun schon so lange in Indien. Warum hatte er sich kein einziges Mal bei ihm gemeldet? Ilian vermisste seine besondere Art, die Gespräche, ihr blindes Verstehen. Sie hatten sich manchmal am Ende des Tages getroffen, waren in einen Strudel aus Begierden versunken. Beide hatten so intensive Empfindungen gegen-

über der Natur. Mit Daniels Volvo fuhren sie dann aus der Stadt hinaus, einfach in den Nebel und die Kälte hinein. Wortlos gingen sie am schnurgeraden Weserkanal entlang. Die hohen Pappeln auf beiden Seiten des Wassers raschelten nicht mehr, sondern zerstachen das Graublau des abendlichen Januarhimmels. Es war keine beklemmende, unangenehme Stille, sondern eine geheimnisvolle, spannende Ruhe, der notwendige Kontrast zu dem, was folgen sollte.
So viele Monate hatte er auf Daniels Rückkehr gewartet. Nicht einmal von seiner Familie hatte er Informationen erhalten. Irgendwann hatte er aufgehört zu hoffen.

Der neue Daniel war Ilian sofort aufgefallen. Wie eine Reinkarnation von Daniel Brody war ihm dieser Daniel erschienen, sein neuer Kunde. Genau solche Menschen hatte er sich für seine Hausentwürfe gewünscht. Sie würden ihn verstehen und seine Arbeit zu schätzen wissen.

Daniel fühlte sich bei Ilian ebenso willkommen. Manchmal zeigte Ilian allerdings ein merkwürdiges Verhalten und warf ihm im Beisein von Katharina sogar unangenehm fordernde und bedürftige Blicke zu.
„Auf Wunsch kannst du dein Wohnzimmer mit einer Fußbodenheizung ausstatten lassen. Und ich kenne einen Hersteller von Gabbeh-Teppichen, ganz weich und

angenehm auf nackter Haut. Unaufdringliches, klares Design."

Ob das eine Anspielung ist, mich auszuziehen, fragte sich Daniel.

„Wir installieren überwiegend indirektes Licht. So kommen die Farben und Oberflächenstrukturen wunderbar zur Geltung, egal ob bei dir oder deinen Möbeln."

Ilian wurde ihm immer fremder. Wenn es so weiterginge, würde er ihn zur Rede stellen müssen. Sein Verhalten nahm langsam übergriffige Züge an.

„Ich stelle es mir alles so hell und modern vor mit den ineinandergreifenden Räumen und dem Gewächshaus, direkt an der Küche. Ihr könnt es sogar als erweitertes Esszimmer benutzen.

Wenn ich euch noch einen Farbvorschlag machen darf: Nehmt die Farbe des Meeres in Schweden. Ein sattes, unergründliches Petrol."

Daniel verfolgte die Strömungen moderner Architektur und des Interiordesigns regelmäßig auf den Feuilletonseiten seiner Wochenzeitung. Einschlägige Magazine stapelten sich in seiner Wohnung, doch die klebrige Schwärmerei von Ilian verleidete ihm die Vorfreude auf das Haus, das er mit Katharina bald beziehen wollte. Morgen würde er die Reißleine ziehen. Petrol? Die Leichen waren in petrolfarbene Gardinen gewickelt gewesen, die Zeitungen waren voll davon gewesen. Niemals würden die Wände seines Hauses diese Farbe tragen!

13 Nordisch kühl

Ilian war der Stimmungswandel Daniels nicht entgangen. Am Ende ihres Treffens hatte er bemerkt, dass seine eigene Begeisterung nicht bei Daniel ankam. Hatte er ihn falsch eingeschätzt? Normalerweise war genau das seine große Stärke, denn er konnte die Schwingungen seiner Kunden zuverlässig einordnen. Seine jahrelange Erfahrung im Umgang mit den unterschiedlichsten Menschen hatte ihn zu einem Wahrnehmungsexperten gemacht, was Ilians Popularität noch weiter steigerte. Nach außen hin tarnte er sein reiches Innenleben mit Kühle und Unnahbarkeit. Meistens wurde das als Professionalität interpretiert. Wer war er wirklich? Ilian Persson, der erfolgreiche, attraktive Endfünfziger, der so viele Menschen kannte, aber sich mit niemandem dauerhaft verbinden konnte oder wollte. Lag es an der Trauer um seine große Liebe Daniel Brody?

Daniel hatte ihm von seinen absurden Gedanken erzählt, was Ilian am Anfang, als sie sich kennenlernten, sehr bedenklich fand und ihn sogar ängstigte. Ihm war es unbegreiflich, wie jemand so lustvoll über Tötungsfantasien sprechen konnte. Ilian war sich darüber im Klaren, dass Daniel seine Ideen aber niemals ausführen würde. Jedes Mal, wenn sie sich trafen, hatte Daniel in aller Ausführlichkeit über das nächtliche Beobachten junger Melkerinnen berichtet. Das Eindringen in ihre Schlafräume, die Spannung dabei - all das hatte er mit akribischer Detailtreue dargestellt, und Ilian musste zugeben, dass auch er dabei erregt wurde. Meistens liebten sie sich gleich danach in einer Intensität, die er bisher nicht gekannt hatte und ihn wie benommen zurückließ. In diesem Zustand war es für ihn sogar genussvoll, von den grausamen Ritualen zu hören, die Daniel mit seinen Rettungsfantasien verband. Am nächsten Morgen konnten beide nie recht verstehen, was passiert war, und ob überhaupt etwas passiert war. Ilian wusste nicht mehr, wie er ohne diese abnormen Geschichten leben konnte, und das Verlangen, es zu tun, war nicht abzustellen. Schon der Anblick der Gardinenkordeln, die Daniel in seine Gedankenbilder eingeflochten hatte, konnte Ilian aus dem Konzept bringen. Irgendwann fragte er Daniel, ob er sie ihm nicht schenken würde. Und er wollte ihm auch seinen Wagen leihen, mit dem Daniel die Melkerinnen besuchte.

Ilian konnte das Bauprojekt in Bremen-Weyhe vor seiner Festnahme nicht mehr beenden.

Daniel fährt nun einen alten Mercedes /8.

„Die Kettenviper (Daboia russelii) gehört zur Gattung ‚Orientalische Vipern' und zur Familie der Vipern. Aufgrund der Nähe zu menschlichen Siedlungen kommt es immer wieder zu Zusammenstößen mit Menschen. Mit mehreren tausend Todesfällen pro Jahr gilt sie als gefährlichste Schlange Indiens." (www.tierwissen.net)

BARBIES FATE

„Wir in der westlichen Welt versuchen, den Tod zu ignorieren und uns vor ihm zu verstecken. Aber genau das darfst du als Künstler nicht tun."
(Damien Hirst)

1 Dunkelrote Akzente

Schwäche und Schwindel überfielen ihn. Lippen, Zunge und Rachen kribbelten angenehm, wurden aber kurz darauf gefühllos. Diese kleinen Parästhesien empfand er sonst als überaus prickelnd, doch heute spürte er auch seine Fingerspitzen und Zehen nicht mehr. Schweißausbrüche plagten ihn, das Einatmen bereitete ihm unermessliche Schmerzen.

Mehr Opulenz hätte seinen Tod nicht umgeben können, Panoramablick aus der 53. Etage auf den Central Park. Zur Ausstattung der Suite gehörte ein großes, mit Seide tapeziertes Schlafzimmer, ein Badezimmer mit Luxusbadewanne und verglaster Dampfdusche für zwei Personen. Handgewebte Teppiche und einzigartige Gemälde bildeten ein harmonisches Ganzes mit den bronzenen tierähnlichen Skulpturen und maßgearbeiteten Möbeln, eingebunden in ein Farbschema aus Braun mit goldenen und dunkelroten Akzenten.

Artie - eigentlich Arthur, aber die von „art", Kunst, abgeleitete Kurzform war ungemein passend in Anspielung auf seine obsessive Kreativität, die ihn in der Topliga der internationalen Kunstwelt mitspielen, ja, sie sogar zeitweise anführen ließ - leistete sich gelegentlich Übernachtungen in verschiedenen erstklassigen, extravaganten Hotels, die sich alle nicht weit entfernt von seinem eigenen Apartment auf der Lower East Side befanden. In dieser Gegend gab es auch den Punk-Club, in dem die Ramones 1974 zum ersten Mal auftraten, später auch Blondie und Patti Smith. Damals war Artie mittendrin gewesen.

Die Ausflüge in Hotels gaben ihm auf unerklärliche Weise das Gefühl von Lebendigkeit, während er zu Hause immer wieder beklemmende Einsamkeit in sich aufsteigen spürte. Charlene vermochte seine melancholische Stimmung nicht zu durchbrechen, auch dann nicht, wenn sie mal wieder auf eine Bloody Mary in die nächste Bar gingen, um über ihre neuesten Kunstprojekte zu philosophieren.

Das mit Charlene war schon lange nur noch eine On-Off-Beziehung. Beide waren nicht stark genug, sich voneinander zu lösen, denn so schlecht waren sie nicht, die gelegentlichen Trips in irdische und überirdische lichtvolle Momente. Künstlerisch beflügelnd auf jeden Fall.

Schon in seiner Jugend war Artie Zaungast der New Yorker Galerieszene gewesen. Fasziniert von dieser ihm damals so fremden Welt verschaffte er sich über Freunde Zutritt zu Vernissagen in kleineren Galerien, um erste Kontakte zu knüpfen. Ihm war lange klar, dass er die Kunst zu seinem Beruf machen und damit unbedingt berühmt werden wollte.

Dass er Talent hatte, bewies er mit seinen schnell dahingeworfenen scharfen Federzeichnungen, die das Treiben am Broadway, in den Schächten der Metro und die nächtlichen Menschentrauben vor den Clubs einfingen. Das Halbdunkle, das Kunstlicht, die Trashkultur zogen ihn in den Bann, und in wohligem Abstand erzeichnete er sich ein erhabenes Gefühl, ähnlich kraftvoll wie Basquiat, vielleicht etwas weniger symbolbeladen.

Sein Strich war hart, kratzend, fast aggressiv und protestierend. Die tiefschwarze Tinte floss aus unterschiedlichsten Instrumenten auf das schwere Papier. Das Dreckige und Fleckige gehörte zu seinem Konzept.

Seine rohe kreative Kraft wurde damals, als er sich an mehreren Hochschulen bewarb, schnell erkannt. Artie entschied sich für die unabhängige School of Visual Arts, doch später schnitt er sich von seiner Heimat ab, um das Goldsmiths College in London zu besuchen. Die Stadt hatte eine ebenso starke Punkszene wie New York. Alle künstlerischen Genres hatten sich in London miteinander zu einer Gesamtheit verwoben und auch das Äußere ihrer Anhängerschaft geprägt. Unangepasstheit,

Rebellion, Freiheit, Individualität, Anti-Mainstream - das waren die Werte, die Arties Leben ausmachten.

2 Formaldehydlösung, 37 Prozent

An ihren Fingern hafteten noch Farbspuren. Obwohl sie immer Handschuhe und einen Overall trug, kroch die Farbe überall hin. Sie war Teil von ihr geworden - bei einer Malerin wohl nicht ungewöhnlich.
Charlene war eine von diesen Frauen, die durch das Leben zu schweben schienen. Die Show, die viele andere Gäste dieser Vernissage brauchten, ließ sie völlig kalt. Durch ihre betonte Schlichtheit in Blue Jeans und lockerer grüner Seidenbluse hob sie sich von der angestrengt hippen Masse ab. Artie gefielen ihre natürliche Schönheit und die souveräne Art, mit der sie sich durch den Raum bewegte. Beim Umfassen ihres Sektglases sah Artie die violett-roten Flecken deutlich an ihrer Hand, und er sprach Charlene darauf an. Minuten später fanden sie sich in einer angeregten Debatte über die Abgrenzung zwischen Kunst und allem anderen, was das Leben ausmachte, wieder. Das jahrhundertealte klassische Gemälde traf auf Konzeptkunst. Ihre Diskussion bewegte sich wie ein Perpetuum mobile durch alles, was im Zusammenhang mit Kunst jemals von Menschen abgesondert worden ist. Beide waren sich einig, dass solche Gespräche eher unterhaltsamer als erkenntnistheoretischer Natur seien, auf lange Sicht ohne Sieger

und Verlierer bleiben würden. Vielleicht würden sie die Früchte für ihren künstlerischen Austausch später ernten. Ihre Wellenlänge stimmte jedenfalls überein. Das spürte Artie, obwohl Charlene sich hinter ihrem brillanten Verstand zu verstecken schien und unnahbar auf ihn wirkte. Doch genau das weckte seine Neugier. Was wohl mit ihr möglich wäre? In welche Welten könnten sie zusammen aufbrechen? Die Begegnung in der Blue-Art Gallery sollte nicht ihre letzte gewesen sein.

Arties Atelier, eine Mischung aus Labor und Werkstatt, lag in einem alten Industriegebäude in Tribeca. Dorthin lud er Charlene am nächsten Tag ein. Unbefangen und mit dem für sie typischen Forschungsdrang ging sie in dieses Abenteuer hinein. Der rissige Betonboden war mit Dutzenden von Feder- und Bleistiftskizzen übersät. Früher wäre seine Arbeit an diesem Punkt fertig gewesen, aber heute waren seine Zeichnungen eine spontane Notiz, um möglichst vieles aus seiner überquellenden Fantasie festzuhalten. Nur die absurdesten Ergebnisse bekamen die Chance, in Konzeptkunst umgewandelt zu werden.

Wie war es möglich, ganz profane Dinge des Alltags so mit Bedeutung aufzuladen, dass sie bei Sotheby's siebenstellige Preise erzielten? War dieses Geschehen nicht schon lange losgelöst von der Kunst an sich? Charlene fand Arties Objekte wirklich interessant. Seit Jahren setzte er seine abgefahrenen Ideen nicht mehr selbst um. Wie viele andere international erfolgreiche Künstler überließ er die praktische Arbeit geschickten Assistenten.

Für sein jüngstes konzeptkünstlerisches Projekt engagierte er einen Präparator aus der Rechtsmedizin. Mr. Coleman war routiniert im Umgang mit Formaldehydlösung, und seine Aufgabe war es, unbekleidete Barbie-Puppen in schmale, 40 Zentimeter hohe Glaszylinder zu stecken, sie mit der konservierenden Chemikalie zu übergießen und die Gefäße luftdicht zu versiegeln, sodass eine Öffnung nicht mehr möglich war, ohne das Kunstwerk zu zerstören. Die Auflage dieser Serie war auf drei Exemplare limitiert.

Das Zitieren anderer gehypter Künstler war eine Strategie, die Artie benutzte, um selbst am Geldstrom der internationalen Sammlerszene in New York teilzuhaben.

„Die Unmöglichkeit des Todes in der Vorstellung von jemandem, der nie gelebt hat" - so lautete der Titel für seine Barbie-Kleinserie. Kein Auktionator musste die Stimmung weiter anheizen. Diese bedeutungsschwangeren Werke schossen in Minuten hoch zu Rekordsummen. Barbie 1/3 ging für 10.3 Millionen Dollar an Juri Yosmirowsk, einen russischen Magnaten, der es im Kohle- und Stahlgeschäft zu Milliarden gebracht hatte. Nadja, seine Frau, würde dieses künstlerische Accessoire in ihre sorgfältig kuratierte Sammlung einreihen.

Charlene hat in Leipzig Malerei studiert, und trotz der nachfolgenden Jahre in Amsterdam war der Einfluss der Neuen Leipziger Schule auf ihre Bilder unverkennbar. Ohne Frage war sie inhaltlich und auch handwerklich eine hervorragende, leidenschaftliche Malerin komplexer Verflechtungen aus Menschen, Architektur und Landschaft. Daneben gab es abstrakte, diffuse Bereiche. Es kam Charlene nicht auf Erklärbarkeit an, sondern auf Stimmungen und auf Raum für Assoziationen. Mit ihren 36 Jahren war sie durchaus eine Kandidatin für Sammler, aber ihre Kunst hatte es bisher nicht geschafft, Beachtung durch die renommierten New Yorker Galerien zu finden. Sie kannte das Geschäft lange genug, um mit dieser Situation umzugehen. In dem Markt, in dem sie sich bewegte, hatten die Verkaufszahlen und die erzielten Preise nichts mehr mit der Qualität der Werke zu tun, sondern mit guten Beziehungen zur internationalen Finanzelite. Für Charlene wäre es eine echte Chance, sich über Artie Zutritt in diese Welt zu verschaffen, die für so viele Künstlerinnen und Künstler verschlossen blieb - und wohl auch bleiben würde.

Beim Arbeiten ließ Artie sich gerne von Techno aus den üblichen Streaming-Diensten auf die erforderlichen BpMs bringen, aber heute, um die feinsinnige Charlene in sanfte Klänge zu hüllen, legte er eine Platte auf. Sein ausgesessenes flaschengrünes Ledersofa mit Spuren handwerklicher Arbeit schien ihm kein adäquates Empfangsmöbel für eine Frau von Charlenes Format zu sein, aber etwas anderes konnte er ihr in seiner Atelierhalle nun einmal nicht anbieten. Auf den Absinth, den er noch in seiner Bar stehen hatte, ließ sie sich nicht ein. Sein Espresso – und die Aussicht auf den Mann, der ihn servierte - war für sie viel anregender.

Artie war mit den 49 Jahren, den Charakterfalten und der wilden grauen Haarpracht noch attraktiv, obwohl er mit 1,75 Metern nicht besonders groß war. Auch wenn er eine Batterie hochpreisiger Sehnsuchtsautos in der Garage stehen haben könnte, war er kein Fan von diesen Statussymbolen. Viel lieber durchfuhr er die Straßenschluchten mit dem Rennrad, denn so konnte er das Leben in seinem Stadtteil besser aufnehmen und sich nebenbei seinen drahtig-flexiblen Körper bewahren. Genauso wie Charlene trug er am liebsten Jeans. In diesem Punkt steckte noch der Student in ihm, aber ansonsten war er ziemlich erwachsen - im Gegensatz zu einigen Freunden und Bekannten, die deutlich jüngere Frauen dateten, um ihr Ego aufzupumpen.

Sie saßen sich im Schneidersitz auf dem alten abgewetzten Sofa gegenüber und versuchten, ihr Gespräch auf einer sachlichen Ebene zu balancieren, während ihre Augen sich immer wieder trafen.
„Warum machst du jetzt Konzeptkunst, Artie?"

„Bist du etwa hier, um mich zu interviewen?"
„Nein, es interessiert mich. Du hast doch genauso wie ich lange gezeichnet und gemalt."
„Wie du siehst, mache ich das noch immer, aber ich arbeite hauptsächlich für das große Publikum, und das braucht mehr als Zeichnungen. Es muss groß, dreidimensional und verrückt sein. Wenn du die richtigen Geschichten erzählst und die wichtigen Leute kennst, läuft es. Ein bisschen Zeit braucht es allerdings. Stef, Stef Moons, mein Agent, und ich sind seit fünf Jahren ein super Team. Er hat mich aufgebaut, kennt alle, die mit Immobilien, Bodenschätzen oder im Netz exorbitante Summen verdienen, mit Kunst noch reicher werden und sich so mit einer intellektuellen Aura umgeben wollen. Sie kaufen also rein strategisch. Ein paar Ausnahmen gibt es natürlich."
„Okay, verstehe. Und was erhoffst du dir von mir? Eine weitere Tür in den Markt kann ich dir bestimmt nicht öffnen. Ich wundere mich nur über die Wandlung, die du in den letzten Jahren hingelegt hast - vom Punk-Künstler, der gegen das Establishment anzeichnet, zum Diener des Hochkapitalismus. So schnell wie du könnte ich meine eigenen Werte wohl nicht ins Gegenteil verdrehen."
„Charlene, ja, das habe ich befürchtet: Du hältst mich für ein berechnendes Arschloch. Nein, es ist nicht, wie du denkst. Stef und ich, wir teilen 50/50. Wir führen die ganze Szene an der Nase herum. Im Grunde ist es ein

groß angelegtes Theaterstück und so etwas wie Meta-Kunst. Wir amüsieren uns und finden es gerecht, dass wir etwas von der Buttercremetorte abbekommen. Damit bin ich doch nicht weit weg von meiner alten Punk-Attitüde. Es ist einfach geschickter, als nur laut zu schreien, oder?"

„Ich verstehe es, komme aber mit meinem Gefühl noch nicht ganz hinterher."

„Wir werfen den Wölfen nur was zu fressen vor."

„Ich glaube, dass das typisch männliche Ideen sind. Oder denkst du, Frauen würden diesen Weg genauso gehen?"

„Klar, warum nicht? Mir fallen schon einige ein, die das so gemacht haben. Du solltest alles etwas lockerer sehen, dann wirst du irgendwann auch eine von ihnen sein."

„Ich bin mir ehrlich gesagt gar nicht so sicher, ob ich das wirklich will."

„Charlene, bitte. Lass uns nicht streiten. Bleib doch noch auf einen Espresso!"

„Nein, Artie. Ich muss gehen."

3 Die Installation

Marianna war eine von *ihnen.* Videokunst gab es zwar schon seit den 1960er-Jahren, aber die Kritikerwelt schrieb wenigstens nicht dagegen an, so wie es gerade bei einigen Malereistilen der Fall war.

Grand Opening at Stern-Gallery
„Rat People"
Video installation by Marianna Vloss

Danny war ihr Agent, seit einigen Jahren schon. Er hatte sie mit Eli, dem Betreiber der Stern-Gallery, bekannt gemacht und ihr den Weg in das ganz große Geschäft geebnet. Bei Stern traf sich das Who's Who der Kritiker- und Sammlerwelt.

Marianna war für ihren bissigen Blick auf die Gesellschaft bekannt. Was führte sie dieses Mal im Schilde? Videokunst fand Artie bisher nicht besonders aufregend, aber der Titel „Rat People" ließ ein paar Assoziationen zu, die mit seiner Vergangenheit zu tun hatten und ihn beschäftigten. Eine im Erdreich durch ein Loch nach oben filmende Kamera in einem überfüllten Rattenstall nahm das wilde Rennen, Schnuppern, Fiepen und Paaren von unten auf. Die Videos liefen auf sechs Monitoren gleichzeitig und gaben den Gästen der Vernissage das Gefühl, unter den Ratten zu liegen. Die meisten hielten dies aus, weil sie auch emotional eine Distanz wahren konnten. Für sie war es nichts weiter als das, was es war: Videokunst.

Artie und Charlene fanden sich in der gleichen Sektglas-Situation wieder wie schon letzte Woche in der

BlueArt Gallery. Während Charlene Mühe hatte, das peinliche Berührtsein zu verbergen, das die Installation in ihr ausgelöst hatte, begann Artie eine lockere Unterhaltung über die „Rat People". In der spirituellen Welt wird der Ratte die Bedeutung zugeschrieben, dass sie Katastrophen vorausahnen und sich rechtzeitig in Sicherheit bringen kann. Sie kann mit wenig auskommen und weiß, wann sie sich zurückziehen und an dunkle Orte begeben sollte, um lebensnotwendige Dinge zu sammeln oder dort aufzuräumen. Genauso fühlte sich Charlene gerade. Irgendetwas stimmte nicht.

Marianna sprengte die Bande zwischen Artie und Charlene, als sie sich zu ihnen gesellte. Betont wandte sie sich nur Artie zu und schnitt Charlene den Blickkontakt zu ihm ab. Charlene sah nur auf brünetten Locken, Schultern im rückenfreien Kleid. Ihr blieb die Luft weg, ihre Knie begannen zu zittern, und ihr Magen zog sich zusammen. Was war jetzt zu tun? Flight? Freeze? Face? Charlene entschied sich nach tiefem Durchatmen für ein souveränes „Face" und ein langsames „Flight". Sie musste diese Ausstellung verlassen, bevor sich der eigentlich neutrale Ort der Galerie noch fester mit ihrem Empfinden von „nichts wert sein" verband. Wieder fühlte sie sich mit ihrer Malerei zu brav, nicht modern oder progressiv genug, um gesehen zu werden. War sie überhaupt eine Künstlerin? Hatten ihre Bilder Kraft und Aussage? Vielleicht hätte sie doch etwas Naturwissenschaftliches studieren sollen, so wie ihre Eltern es gerne gesehen hätten.

In diesem Moment erfasste Artie die Situation und stellte die Frauen einander vor. Als er sie ansah, spürte Charlene wieder, dass da eine starke Verbindung zwischen Artie und ihr war. Mariannas offensive sexuelle Annäherung schien ihn zu langweilen. Er brauchte mehr Subtilität und Geheimnis. Dies betreffend surften Charlene und er genau auf derselben Welle.

„Okay, heute also nicht, Artie!“, verabschiedete sich Marianna von ihm.
Im Weggehen sah sie sich noch einmal zu ihm um. „5.8 Millionen zahlt mir Mr. Kujo für die Installation. Das will ich mit dir feiern. Unter erfolgreichen Künstlern. Champagner, Artie!“

Artie konnte es Charlene ansehen, wie sehr sie innerlich erstarrt war. Sie hatte mit der Zeit einen Umgang mit Anflügen von Missgunst gefunden, aber das hier sprengte ihr Vermögen, solche Gefühle einfach durchziehen zu lassen.
„Komm, lass uns gehen, Charlene.“
„Unbedingt. Heute brauche ich einen Drink.“
„Absinth in meiner Werkstatt oder einen Cocktail drüben in der Bar?“

Es war laut, schummrig und überfüllt, aber am Rand des langen Tresens waren zwei Hocker frei. Mit dem ersten Schluck von ihrer Bloody Mary war einiges an Ballast von ihr abgefallen. Artie bemerkte ihre Gelöstheit und nahm ihre Hände.

Was vor ein paar Stunden für Charlene noch zu scheitern drohte, drehte sich nun komplett ins Gegenteil um. Obwohl nach wie vor etwas zwischen ihnen stand, ließ Charlene es erst einmal laufen. Zu intensiv war der Kick, den sie spürte, wenn sie und Artie zusammen waren.

4 Die Verblichene

Die Vergänglichkeit war ein gefragtes Sujet. Es löste ein wohliges Gefühl aus, besonders wenn man den Schutz der Champagner trinkenden Masse im Rücken hatte. Während Arties Barbies das Tote konservierten und der Titel der Arbeit „Die Unmöglichkeit des Todes in der Vorstellung von jemandem, der nie gelebt hat“ bei noch nüchternen Betrachtern einige Glühbirnen zum Erleuchten brachte, machte Frido mit seinem Fresko in einem Bankgebäude am Washington Place das Vergängliche noch vergänglicher. Er engagierte zwei Laboranten, die ihm aus allerlei farbenfrohen Blüten, Wurzeln und Blättern geheimnisvolle Essenzen brauten, mit denen er in altmeisterlicher Manier religiöse Figuren auf die Wand aufbrachte. Die lichtempfindlichen Farben verblichen so schnell, dass immer nur die Teile, die Frido in den letzten drei Stunden gemalt hatte, sichtbar waren. Ein Filmteam hielt den Prozess fest. Dort, wo sich das Fresko einmal befunden hatte, bot die weiße Wand nun die Projektionsfläche für den Film über seine Entstehung.

Frido und Artie lieferten sich seit Jahren einen erbitterten Kampf um die Spitzenplätze im New Yorker Konzeptkunst-Geschehen. Stef Moons hat sie beide in der Hand. Mussten sie sich den Kuchen teilen, den Stef für sie bereithielt? Manchmal hätte Frido sich gerne den Weg freigefegt.
Als Urenkel polnischer Einwanderer verstand Frido es, selbstbewusst und direkt aufzutreten. Die Kunst sollte ihm von Beginn an dazu dienen, auf angenehme Art mehr als nur seinen Lebensunterhalt zu bestreiten. Warum sollte er sich wie die Generationen vor ihm mit niedrigen Löhnen für harte, dreckige körperliche Arbeit in der Kohleindustrie zufriedengeben? Sein Talent setzte er ganz gezielt zu seinem Karriereaufbau ein. Schon zu Schulzeiten bekam er durch den Verkauf von Illustrationen für Bücher und Magazine ein großzügiges Taschengeld, und das Ansehen, das er dadurch genoss, spornte ihn weiter an. Als Erwachsener, nach seinem Kunststudium in Chicago, wurde er zum kühlen Strategen, der andere gerne auf unorthodoxe Weise zur Seite schob.

Stef Moons fädelte für ihn lukrative Geschäfte ein. Frido konnte sich darauf verlassen, dass jedes seiner Werke in exklusive Kanäle überführt wurde, doch auch Artie gelang es, sich ein regelmäßiges sechsstelliges Jahreseinkommen über Moons zu sichern. Kunst war zur Ware geworden, und dem Sammlerkreis war es gleichgültig, ob die Werke von Artie oder Frido stammten. Alles, was durch Stefs Hände lief, war eine vielversprechende Kapitalanlage.
Der Donnerstagabend war für die Dienste von Alice reserviert. Danach kam die Pizza. Sein Junggesellen-Apartment mit Blick auf die Brooklyn Bridge nutzte Frido Polunsky nur zum Schlafen, denn sein 47-jähriges Leben verlief „straight", im Takt von Produktion und Verkauf. Anders als Artie zeigte er außerhalb seiner Kunst keine Gefühlsregung. Immer eine Zigarette im Mundwinkel, trieb ihn der Aktionismus von einer Blutdruckkrise in die nächste. Warum nur war sein Künstlerdasein ein ständiger Konkurrenzkampf mit Artie Burst?

Gelegentlich trafen sich die beiden Rivalen auf neutralem Boden in einer Sushi-Bar. Fridos Vorliebe für Fastfood war nur in diesem Punkt zu erweichen: hauchdünne Scheiben eines runden Fisches, mit etwas Sojasauce benetzt. Nichts zum Sattwerden, aber geeignet, um seinen Hunger nach euphorischen Zuständen zu stillen. Auch Artie liebte das leichte Taubheitsgefühl auf

der Zunge beim Verzehr dieser kulinarischen Besonderheit.
Es war die Vorspeise zu ihrem künstlerischen Dialog. Zufällig korrespondierten ihre beiden aktuellen Werke miteinander. Also schlossen sie für einen kurzen Moment Frieden, um die Gegensätze in ihrer Kunst für sich arbeiten zu lassen. Die Gesamtheit vermochte den Wert der Einzelkomponenten nur zu steigern. Stef würde diese Tatsache doch als Marketingidee nutzen können. Davon waren sie beide überzeugt.

5 Spinnerei

Charlenes expressive, aber farblich zurückhaltende Ölmalerei bewegte sich zwischen Traumwelt und melancholisch gestimmter Alltäglichkeit hin und her. In ihren mittelgroßen Bildern begegnete den Betrachtenden eine Normalität, die irgendwie verstörend erschien. Nicht jedem fiel das Irritierende, Sonderbare sofort auf.
Charlene öffnete die Tür zu ihrem kleinen Atelier in East Harlem. Ein Gemisch aus Farbgeruch und der Stimme von Astrud Gilberto drängte sich auf den Flur zu Stef hinaus.
Spuren von Ölfarbe hatten sich auf ihren zerrissenen Jeans und dem Fußboden verteilt, aber sie bat Stef herein, während sie die Musik leiser drehte. Neugierig näherte er sich ihren Bildern. Artie, der hoffte, dass Stef anbeißen und sie unter Vertrag nehmen würde, hatte

ihm so viel von ihr erzählt. Charlene hatte nichts dagegen, mit ihrer Kunst in eine andere Klasse aufzusteigen, aber nur wenn ihre künstlerische Freiheit darunter nicht leiden würde.

„Deine Bilder sind so wie du.“ Dieser Satz passte immer. Stef wusste, was Frauen hören wollten, um sich erkannt zu fühlen.
„Etwas anderes kann ich nicht. Ich male nur das, was in mir ist.“
„Gefällt mir. Deine Bilder berühren mich. Aber ob der Markt dafür offen ist? Vor ein paar Jahren gab es einen großen Hype um einige Maler aus Deutschland, deren Bilder erinnern mich ein bisschen an deine.“
„Leipzig, ja. Ich habe dort studiert. Die Welle, die von dort ausging, ist lange verebbt. Komm bloß nicht auf die Idee, mir eine Galerie in der Baumwollspinnerei zu vermitteln, Stef.“
„Warum nicht? Wir bringen dich groß raus als Zurückkehrende, aufgeladen mit den Einflüssen aus dem Epizentrum der Kunst - New York.“
„Es wird nicht funktionieren. Die Stadt ist voll von Malerei. Sammler und Sammlerinnen haben ihr den Rücken gekehrt. Wenn du mir wirklich helfen willst, dann gib mir eine Chance bei Eli.“
„Du willst zu Stern?“
„Ja. Konzeptkunst zu vermitteln ist momentan kein Hexenwerk. Stef, es wird auch dir zugutekommen, wenn

du mir jetzt den Weg ebnest. Mach die gute alte Malerei wieder sichtbar! Du siehst doch, dass sie tief berühren kann, und Gefühle zu haben und auch zu zeigen ist manchmal unbequem, aber ich glaube, wir brauchen genau das. Jetzt."

„Hast du einen Kaffee für mich?"

„Mit Cadmiumgelb oder Chromoxidgrün?"

„Sehr lustig, Süße."

„Nein, im Ernst. Lass uns rübergehen in die Bar. Hier im Atelier schmeckt mir der Kaffee nicht."

Stef war für Charlene nicht ganz durchschaubar. Seine Fassade war makellos, was in seinem Job zweifellos notwendig war. Er war ein Maßanzug-Träger, der mit handgenähten und aufpolierten italienischen Lederschuhen ins Auge stach und in allen Kleidungsfragen stilsicher und qualitätsbewusst wirkte. Auch das, was darunter steckte, schien ganz gut in Form zu sein. Was sich aber wirklich im Inneren dieser perfekten Hülle verbarg, vermochte sie nicht ganz einzuschätzen, denn er spielte seine Rolle vollkommen sicher und gut. Charlene sah etwas Dunkles in ihm durchschimmern, dessen Stef selbst sich nicht bewusst zu sein schien, sonst hätte er es sicherlich verdeckt gehalten. Seine grünbraunen Augen irrten ohne Fixpunkt in der Bar herum und nahmen Charlene immer wieder kurz ins Visier. Er ließ sie über ihre Kunst und ihr Leben erzählen und schloss die Unterhaltung in der von den gurgelnden Geräuschen und den Gerüchen der Espressomaschine erfüllten Bar mit einem Vertragsangebot ab. Um ein paar Fotos von Charlenes jüngster Malerei zu machen, kehrten sie noch einmal in ihr Atelier zurück.

Als Charlene sich über ihre an der Wand lehnenden Leinwände beugte, umschloss Stef sie plötzlich mit beiden Händen von hinten und presste sich an sie.
„Was hältst du von einem kleinen Fick zur Feier des Tages?", flüsterte er ihr ins Ohr.
„Was fällt dir ein? Lass mich los!" Charlene schrie auf und versuchte sich aus seiner Umklammerung zu befreien.
„Umsonst ist nur der Tod! Du willst bei Eli ausstellen? Ohne mich wirst du es nicht schaffen!" Er grinste und entließ Charlene aus seinen Armen. „Ich bringe dir morgen den Vertrag vorbei. Artie ist gerade in Philadelphia, oder?", fragte er. Seine Augen blitzten. „Also gut, Süße. Er steht. Dein Termin mit Eli."

Extrovertiert, dynamisch, erfolgreich. Er gab das tadellose Bild eines amerikanischen Self-Made-Man ab. Stef hatte Kunstgeschichte studiert und sich sein Leben damals schon regelmäßig mit Abenteuern versüßt. Er war sich seiner Wirkung auf Frauen bewusst und glaubte weiterhin, sie sich wie Äpfel vom Baum pflücken zu können. Gerade die Konfrontation mit seiner aggressiven Männlichkeit kam bei den Frauen in seinem Umfeld ziemlich gut an. Was missfiel Charlene nur daran? Er hatte sie offenbar völlig falsch eingeschätzt. Ihm war klar, dass sie Artie verfallen war, aber er wusste auch, dass er selbst irgendwann mit Charlene aufwachen würde. Er müsste ihre Aufmerksamkeit besser lenken und ihre Not für sich arbeiten lassen. Arties Kunst war ein wichtiger Teil seines Geschäfts, aber ohne ihn würde alles, wirklich alles noch besser laufen.

6 Der Hurricane ist vorbei

Ist das der Preis? Muss ich mich verkaufen, um mitspielen zu können? Was für eine dreckige, niederträchtige Strategie von Stef! Weiß Artie von diesen Gepflogenheiten? Warum hat er mir davon nie etwas erzählt?
Charlene plagten Selbstzweifel. So viele Jahre hatte sie versucht, sich aus ihrer Unsichtbarkeit zu befreien, und nun diese Prüfung! Den Vertrag mit Stef konnte sie unmöglich unterzeichnen, aber was würde dann geschehen - mit ihrer Karriere und womöglich auch mit Arties? Sie könnte Stef wegen sexueller Nötigung anzeigen, aber letzten Endes würde es zu nichts führen.

„Charlene, du bist sicher, dass es so war? Ich kenne Stef seit Jahren, man könnte sagen: seit Jahrzehnten. Er tut keiner Fliege etwas zuleide."
„Nein, männlichen Fliegen nicht!"

„Wenn er in dieser Weise übergriffig wäre, hätte ich doch vorher schon davon gehört."

„Das liegt daran, dass er bislang keine Frauen vertreten hat."

„Das stimmt. Soweit ich weiß, wärst du die erste. Er hat, was das angeht, ziemlich antiquierte Ansichten."

„Ich lehne es ab, mit ihm zusammenzuarbeiten. Er kann mich nicht einfach benutzen und besitzen. Wenn du mit ihm gute Erfahrungen gemacht hast, bitte!"

„Sorry, Charlene, bisher ja, und ich will mich auch zukünftig von ihm vertreten lassen. Schade, dass er nun zwischen uns steht."

„‚Zwischen uns', interessant. Was ist das denn eigentlich genau zwischen uns? Gerade kommt es mir irgendwie beliebig vor."

Artie stellte sich hinter Charlene, schob ihr Haar beiseite und massierte ihr ganz vorsichtig den Nacken.

„Fang du jetzt auch noch an!"

„Du reagierst gerade über, Charlene. Nur wegen dieser blöden Geschichte mit Stef. Es ist doch gar nichts weiter passiert."

„So schnell kann ich das nicht verdauen. Auch wenn körperlich nicht viel war, er hat eine Grenze überschritten."

„Du bist wirklich sensibel."

„Für eine Künstlerin ist das absolut notwendig!"

Damit hatte sie bei Artie einen falschen Knopf gedrückt.

„Was soll das denn heißen?"

„Das, was es heißt. Warum regst du dich ausgerechnet darüber so auf?"
„Fuck, solche Gespräche machen nur unglücklich."
„Wie geht es nun für mich weiter, Artie? Hier in New York komme ich an Eli nicht vorbei."
„Versuch' es doch mit Danny - Dan Weißbrodt."
„Mariannas Agent? Großartige Idee!", entgegnete Charlene ironisch.
„Du meine Güte. Sieh das Geschäft doch mal etwas sportlicher! Willst du nun dazugehören oder nicht?"
Da war es wieder, dieses manipulative Geschwätz, bei dem Charlene der Atem wegblieb.

Zu gut kannte sie das aus ihrem Elternhaus. Ihr Vater war aus Hamburg zu einem Forschungsaufenthalt an die Boston University gekommen. Ihre Mutter jobbte damals in einem book store in der Nähe des Campus. So löste ziemlich bald ein Fachbuch der Anatomie eine Liebesbeziehung zwischen ihnen aus. Ein Hurricane im Leben der beiden Intellektuellen. Als Charlene geboren war, ging man schnell wieder zur Tagesordnung über, kontrolliert, anspruchsvoll. Ein zweiter Hurricane zog nicht auf, weshalb Charlene ohne Geschwister in einer durch Erwachsene geprägten Welt der Vernunft aufwuchs. Sie vermisste die Wärme und den Humor, den sie in anderen Elternhäusern spüren konnte, sehr und tauchte mit Wasserfarben, Knete und Buntstiften in ihr kindliches Märchen ein.

Ein bisschen märchenhaft wirkten ihre Bilder noch immer. Nur die Formate waren ausladender und die Farben dicker und cremiger geworden. Der Fluss ihrer Kunst riss nicht ab, sondern wurde zwischenzeitlich nur ein wenig aufgestaut, um danach umso tosender hervorzubrechen. Genau diese Dynamik, das Unberechenbare liebte Artie an ihr. Arties Geradlinigkeit und sein trotz der Skurrilität seiner Installationen doch hervortretender Planungs- und Organisationsgeist forderte sie manchmal stärker, als ihr lieb war. Zu schnell stellte sich die Atmosphäre ein, die sie an ihr Zuhause erinnerte. Unbewusst war sie wohl dankbar dafür, denn zu viel Lust und Emotionalität waren ihr suspekt. Charlene begann oft mit sachlichen Gesprächen, um nicht jeden Abend im Bett enden zu lassen. Das funktionierte jedoch nur, solange sie sich nicht mit Cocktails im Blue Note betranken oder gemeinsam auf einem Trip waren. Ihre Kunst, das, was üblicherweise als Realität galt, und ihr erweitertes Bewusstsein ergaben eine umherwogende ekstatische Masse, aus der sie sich nur schwer lösen konnten, bis Charlene schließlich körperlich an ihre Grenzen stieß. Sie fühlte sich auch psychisch nur noch wie eine Hülle, aus der alles Schöne und Wertvolle ausgesaugt worden war. Das Blut zirkulierte nur noch in ihrem Kern und wagte sich nicht mehr bis in ihre Haut hinein. Fahle Blässe verlieh ihr einen Schimmer von Zerbrechlichkeit. So konnte es nicht weitergehen.

7 When Saturday Comes

Greenwich Village, W 18th Street. Gegen 22 Uhr war die Stern-Gallery heute noch in weißes Licht getaucht. Elis schlanke, lang gezogene Silhouette bewegte sich darin hin und her wie eine nervöse Fliege. Es war der Abend vor der Eröffnung von „When Saturday Comes“. Viele Arbeiten hatte er schon vor Ausstellungsbeginn an seine japanischen Stammkunden verkauft. Eli wusste, dass er wieder richtiglag mit der Auswahl der großformatigen Holzschnitte. Abstrahierte karge Landschaften.

Eli war ein Mann ohne Privatleben. Zumindest hatte er bisher keinen einzigen Fetzen davon in die Hände der Paparazzi fliegen lassen. Eli Stern war einfach Kunst. Und Geld. Ähnlich wie Stef Moons bestach Eli durch ein makelloses äußeres Erscheinungsbild vom braun gebrannten haarlosen Schädel bis unter die Ledersohle seiner polierten Schuhe. Dazwischen befanden sich ein paar Nadelstreifen, die wie ein optischer Stretchfaktor funktionierten. Nur die Seidenkrawatte mit einem vielfarbigen Art-déco-Muster verriet, in welchem Business er tätig war. Sein Aftershave roch nach Banknoten.

Die junge zierliche, aber profillos erscheinende Frau mit asiatischen Gesichtszügen, die ihm organisatorische Tätigkeiten und das Anreichen der Edelfisch-Häppchen zum perlenden Champagne Blanc de Blancs bei den

Vernissagen abnahm, trat ebenso professionell freundlich und verbindlich auf wie Eli.
Wer an diesem Setting teilhaben wollte, hatte entweder eine herausragende finanzielle Karriere hingelegt, Herrn Mendel gnädig gestimmt oder gute Verbindungen zu Stef Moons und Dan Weißbrodt geknüpft. Eli hatte dieses Regelwerk nie nach außen hin vertreten, aber das Kunstgeschäft hatte es mit der Zeit geformt, so wie der Colorado River den Grand Canyon.
Es war wohl diese Unbekümmertheit im Umgang mit Geld und Kunst, aber auch hin und wieder ein gezieltes, manchmal sogar über Leichen gehendes Eingreifen, das Eli zu einem der international erfolgreichsten Galeristen gemacht hatte.

Charlene sollte eine Chance bekommen. Immerhin war Artie Burst neben Frido Polunsky der Künstler, der Eli die höchsten Gewinne verschaffte. Heute Abend würden sie den Deal besiegeln.

Wie immer, wenn Artie sich mit Freunden oder Geschäftspartnern im Black Nippon traf, nutzte er die Gelegenheit, seinen exklusiven Geschmackssinn mit Sashimi vom Fugu-Fisch zu demonstrieren. In den USA haben nur wenige japanische Restaurants die Erlaubnis, Fugu zu servieren. Der Fisch darf nicht vor Ort zubereitet, sondern muss filetiert und tiefgefroren aus Japan importiert werden. Eli wollte dieses prickelnde Erlebnis, aber Charlene war gegenüber dem Imponiergehabe der beiden Männer auf diesem Gebiet resistent. Nicht aus Bescheidenheit oder Ängstlichkeit, sondern aus voller Freude am Geschmack blieb sie bei den bewährten California Rolls. Nur hinsichtlich ihrer Kleidung war sie heute etwas angepasster als üblich. Ihren rückenfreien auberginefarbenen Jumpsuit aus weichem Stoff trug sie mit derselben Lässigkeit wie sonst ihre alten Jeans mit den Farbsprengseln. Ihre leicht gewellten, halblangen dunkelblonden Haare bildeten eine lockere Frisur, wie man sie gerade in Paris, aber weniger in New York trug. Ob es ein guter Plan von Artie war, ein Essen zu dritt mit Eli und ihr zu arrangieren? Eli würde kein Risiko eingehen, da war sie sich sicher. Ohne seine Agenten lief nichts. Er ließ sich nicht einmal zu einer Atelierbesichtigung bei Charlene herab, und wenn sie wirklich vorankommen wollte, musste sie sich entweder auf die Annäherungsversuche von Stef einlassen oder Marianna als bissige Konkurrentin im Hause Weißbrodt akzeptieren. Wut stieg in ihr hoch.

Als sie am nächsten Morgen durch einen Anruf des Hotelpersonals von Arties Tod erfuhr, brach sie in ihrem Apartment zusammen. Sie hatte nicht nur Artie, ihren Lebensgefährten und Partner für künstlerische Diskurse, sondern auch den Draht zu den wichtigsten Figuren des New Yorker Kunsthandels verloren. Wollte sie diese

Verbindung jetzt überhaupt noch haben, ohne ihn? Ein Gefühl der Leere und Trauer überwältigte sie.

„NYPD. Inspector Blurry hier. Mrs. Trumann, entschuldigen Sie die frühe Störung."
„Inspector Blurry?"
„Ja, so ist mein Name. Man hat mich darüber informiert, dass Sie vom plötzlichen Tod Ihres Lebensgefährten Artie Burst bereits erfahren haben."
Mit gebrochener Stimme bejahte sie die Frage des Inspektors.
„Deshalb rufe ich Sie an. Wir können nicht ausschließen, dass Ihr Partner ermordet worden ist."
Charlene konnte ihre Tränen nur mühsam zurückhalten.
„Wer sollte das getan haben? Artie hatte keine Feinde."
„Sie haben Mr. Burst gestern Abend nach dem Dinner im Sushi-Restaurant nicht in seine Suite begleitet?"
„Nein, ich wollte allein sein und ging in mein Apartment."
„Gab es andere Personen, mit denen er sich in seiner Suite getroffen haben könnte? Warum mietet sich überhaupt jemand, der ein eigenes Apartment ganz in der Nähe besitzt, ein Hotelzimmer? Macht für mich wenig Sinn."
„Warum nicht, wenn man es sich leisten kann? Der Blick auf den Central Park ist wunderschön. Besonders in der Nacht."

„Aber ganz allein in einer Luxussuite? Fühlt man sich dann nicht doppelt einsam?"

„Artie hat genau aus diesem Grund öfter Hotelzimmer gemietet. Er fühlte sich immer wohl und versorgt, auch wenn er allein dort schlief."

„Das glauben Sie, Mrs. Trumann?"

„Artie war ein außergewöhnlicher Mensch. Ich habe ihm absolut vertraut. One-Night-Stands hätten nicht zu ihm gepasst. Er brauchte das einfach nicht."

„Sie sind sich aber sehr sicher. Was ist mit einer Videokünstlerin namens Marianna Vloss? Könnte er ein Verhältnis mit ihr gehabt haben?"

„Wenn es nach ihr ginge, ja. Artie stand aber nicht auf sie, und meine Antennen sind fein genug, um so etwas zu bemerken."

„Danke, Mrs. Trumann. Für heute ist es genug. Ruhen Sie sich erst mal aus!"

8 TTX

Passend zum Kernthema seines Schaffens hatte Frido sich eine leere Büroetage in einem heruntergekommenen Geschäftshaus am East River gemietet. Er brauchte Räumlichkeiten mit Geschichte als Inspiration für sein Werk. Der Arbeitsstress der ausgezogenen Firmen hing noch an der vergilbten Deckenverkleidung aus Kunststoff, in der Nadelfilz-Auslegeware und den elektrisch steuerbaren Jalousien. Frido liebte genau das, was auf andere abstoßend wirkte. In der abgestandenen Luft entwickelte er die Ideen für die nächsten Installationen. Er hatte sich einen kunstledernen Chefsessel aus dem ausrangierten Büromobiliar gerettet, und die gelblichen Schaumstoffbrösel, die der bequeme Stuhl jedes Mal absonderte, wenn Frido sich darauf niederließ, beeindruckten ihn überhaupt nicht. Gerade erschien ihm ein Bild für sein neues Werk vor dem inneren Auge, als er jemanden mit energischem Schritt die Treppenstufen hochkommen hörte. Er wandte sich zur Tür und zuckte für eine Zehntelsekunde zusammen, als er die uniformierte, bewaffnete Person vor sich sah. Schnell noch versuchte er, sich den Kernbegriff für seine nächste Arbeit auf einem Post-it zu notieren. „Przewalski".

„Das NYPD verschafft sich Zutritt zur Kunst?"

„Inspector Blurry. Mr. Polunsky?"

„Ja. Seit wann bin ich für das NYPD interessant? Benötigen Sie Kunst für die Behörde? Was darf ich Ihnen zeigen? Normalerweise läuft aber alles über meinen Agenten."

„Ich sehe hier gar keine Kunst, Mr. Polunsky."

„Genau. Sie haben den Kern erfasst."

„Wie Sie sich denken können, ist der Grund meines Besuchs ein anderer."

„Ist es wegen Artie?"

„Richtig. Ihr Kollege Arthur Burst ist am Morgen nach einem Essen mit Ihrem Galeristen Eli Stern und mit Mr. Bursts Lebensgefährtin tot in seiner Suite aufgefunden worden. Vermutlich starb er an den Folgen einer Atemlähmung durch Tetrodotoxin."

„Davon hat man mir berichtet."

„Sie wissen, wie das Gift in den Körper von Mr. Burst gelangt ist?"

„Fugu-Essen ist eine riskante Angelegenheit, aber auch sehr erregend."

„Wie erklären Sie sich den Tod von Arthur Burst, Mr. Polunsky?"

„Artie aß häufiger Fugu-Sashimi, wenn wir gemeinsam im Black Nippon waren."

„Haben Sie sich auch häufiger dort Fugu bestellt?"

„Selten."

„Sie sind aber durchaus Kenner, was diesen Fisch angeht?"

„Ja. Deshalb kann ich es mir überhaupt nicht erklären, dass es dieses Mal schiefging."

„Was ging denn schief, Mr. Polunsky?"

„Offenbar die Zubereitung des Fisches."

„Wie das Gift genau auf den Teller von Mr. Burst gelangte, haben wir ja noch nicht weiter erforscht. Wie standen Sie zu Arthur Burst?"

„Eli Stern, Stef Moons und der Kampf im Kunstmarkt hat uns eng verbunden. Aber ich habe das Ganze immer sportlich betrachtet."

„Eli Stern, der Galerist der Stern-Gallery?"

„Ja."

„Und Stef Moons, welche Rolle spielte er?"

„Er war unser gemeinsamer Agent. Artie und ich waren die Versorger von Stef und Eli. Es lief richtig gut für uns alle! Nur wenn Artie oder ich aus diesem Spiel ausgeschieden wäre, hätte es noch einen Preisaufschwung geben können - posthum, versteht sich."
„Zeigen Sie mir nun etwas von Ihrer Kunst, Mr. Polunsky!", bat ihn Inspector Blurry mit einem schelmischen Lachen.

Nachdem sich Blurry verabschiedet hatte, atmete Frido auf. Artie. Przwalski. Jetzt war der Weg frei für die Umsetzung. Maßgeschneidert und das Sehnsuchtsobjekt für die neureiche mongolische Klientel. Anders als die domestizierten Tiere werfen Przwalski-Pferde beim Fellwechsel auch ihre Mähne ab. Aus diesem kostbaren Haar sollte ein feiner, schlichter Wandteppich gewebt werden. Nur 80 x 80 Zentimeter groß, imprägniert mit dem hormonreichen Urin der Przwalski-Stuten in der Fortpflanzungsphase. Über einen passenden Titel sollte diese Tatsache indirekt vermittelt werden und mitschwingen. Eigentlich war das Arties Idee gewesen, aber sie war damals an der Beschaffung des Pferdehaars gescheitert. Es musste alles gnadenlos echt sein, um die gewünschte Wirkung beim Betrachter zu erzielen. Das glaubte Artie, doch Frido hielt es für Energie- oder Geldverschwendung. Zur posthumen Realisation von Arties Idee dachte Frido an das Schwanzhaar eines Hauspferdes, und ihm war Stutenmilch zur Imprägnie-

rung sowieso sympathischer. „Harem“ hätte Artie nicht als Titel gewählt, eher „Maia“ oder etwas Ähnliches. Frido setzte aber stets auf Provokation - bis an den Rand der Peinlichkeit.
Endlich durfte der volle Inhalt seines abgegriffenen und schmutzigen Moleskine-Journals zum Einsatz kommen. Darin notierte er seit Beginn seiner konzeptuellen Arbeit immer wieder alles, was ihn inspirierte. Vor allen Dingen Arties Ideen. Artie war eine unerschöpfliche Quelle, hatte keine Angst, alles mit der Welt zu teilen, denn er konnte darauf vertrauen, dass ständig etwas nachfloss. Aus kollegialem Respekt, vielleicht auch aus Furcht vor Arties Reaktion, hatte Frido es sich bisher verkniffen, Arties Konzepte als seine eigenen zu verkaufen.
Doch nun gab es niemanden mehr, auf den er Rücksicht nehmen musste. Arties Reich stand ihm offen. Was für eine Befreiung!

9 Drecksarbeit

„Sie sind also Kunstagent, Mr. Moons. Warum braucht die Welt solche Leute wie Sie?“
„Die Antwort ist ganz einfach, Inspector Blurry.“
„Ich bin gespannt.“
„Galeristen lassen sich gerne hofieren, und Künstler gehen nicht gerne Klinken putzen. Ich übernehme sozusagen die Drecksarbeit.“

„Das klingt anstrengend."
„Für mich nicht. Ich habe beide Welten präzise studiert und kann hinter die Fassaden schauen. Das nutze ich aus und lasse es mir sehr gut bezahlen. Es ist ein genialer Deal für alle Beteiligten. Ohne mich kämen viele Geschäfte überhaupt nicht zustande, und die Kunstwelt wäre um einiges ärmer."
„Interessant. Bilden Sie auch aus?"
„Kommen wir zur Sache, Inspector Blurry. Wie kann ich Ihnen weiterhelfen?"
„Erzählen Sie mir etwas über den Kunstmarkt und die Preisbildung."
„Heutzutage läuft alles über Großgalerien, die sich international zusammengeschlossen haben, die bestimmte Künstler und Künstlerinnen entdecken und diese dann gegenseitig auf verschiedenen Kontinenten an einflussreichen Kunstorten zeigen und vermarkten. Durch dieses Spiel sind für einen noch unbekannten Künstler in kurzer Zeit ziemlich hohe Preissteigerungen möglich."
„Und Verknappung kann dabei helfen?", warf Inspector Blurry ein.
„Ja, Produktionsdrosselung, ein Zurückhalten der Werke oder na ja - der Tod des Künstlers - können die Preisrakete ordentlich zum Durchstarten bringen."
„Muss ich als erfolgreicher Künstler nun um mein Leben bangen?"
„Halten Sie uns für so kriminell? Welcher erfolgreiche Künstler ist denn einem Mord zum Opfer gefallen?"

„Ich bin kein Kunstmarkt-Experte."
„Ganz ehrlich, Inspector Blurry, wenn die Künstler sterben, stirbt irgendwann der ganze Markt."
„In Ordnung. Noch eine andere Frage, Mr. Moons. Wie spüren Sie neue vielversprechende Talente auf?"
Wusste Inspector Blurry von Charlene?, schoss es Stef durch den Kopf, auf dem jede seiner grauen kurzen Locken nie ihren vorbestimmten Platz verließ.
Inspector Blurry nahm Stefs Anflug von Verunsicherung wahr, ging aber erst einmal nicht darauf ein und ließ den Agenten weiterreden.
„Inzwischen verfüge ich über ein weitverzweigtes globales Netzwerk, darüber wird mir immer wieder einmal jemand Interessantes zugespielt."
„In welcher Hinsicht interessant?"
„Es ist ja nicht nur das Werk, das man sich ansieht, sondern auch den Menschen, der dahintersteht. Man muss sich immer dem großen Ganzen annähern."
„Von allen Seiten also. Danke, Mr. Moons, für Ihre Einblicke. Viel Erfolg weiterhin!"

Stef ließ sich mit einem Whisky in seinen Eames-Sessel fallen. Was wusste Blurry über ihn?
Dass Artie nun aus ihrem äußerst erfolgreichen Gespann mit Frido und Eli ausgeschieden war, ließ ihn plötzlich sogar ein wenig melancholisch werden. Bisher hatte er nur die Werke noch lebender Künstler vertreten. Auch wenn der Wert von Arties Arbeiten nun stei-

gen würde, merkte er, dass seine Motivation nachließ. Er hörte die Luft buchstäblich aus dem Ballon zischen. Artie hatte eine große Lücke hinterlassen. Wer könnte sie füllen? Würden die Geschäfte mit Eli so gut laufen wie vorher? Wie aber ist Artie wirklich gestorben? Einen „Küchenunfall“ - also eine nicht fachgerechte Zubereitung des Fugu-Gerichtes - hielt er für extrem unwahrscheinlich.

10 Nacht in blauem Satin

Marianna empfing ihn in ihrem Studio am Riverside Drive. Was sie haben wollte, bekam sie.
Zwischen Charlene und ihm hatte sich schon seit Wochen eine unerklärliche Distanz aufgebaut. Als wenn Marianna dies mit dem Wind zugetragen worden wäre, meldete sie sich bei Artie aus heiterem Himmel, um eine gemeinsame Videoproduktion mit ihm einzufädeln. Er fand plötzlich Gefallen an Mariannas progressiver Art. Was er gerade brauchte, war Nähe und Zuwendung.
So nachtblau wie der Veloursteppich war auch ihr knielanges Satinkleid. Sie begegnete ihm barfuß und mit weniger Schmuck als auf ihrer Vernissage, denn sie spürte, dass Artie eher eine Vorliebe für dezenten Glamour statt überbordende Colliers hatte.
Sie bot ihm einen Drink an. Artie fragte nach ihrer Videoproduktion. Langsam schmolzen die Eiswürfel in seinem Glas. Marianna umschwirrte ihn, ließ ihre Hän-

de auf seinen Schultern tanzen. Mit Charlene begegnete er sich immer auf Augenhöhe. Jetzt war alles anders, und er verlor sich in Mariannas Schoß.
Mariannas bodenlange Gardinen ließen einen schmalen Sonnenstrahl hindurch. Erschrocken schnellte Artie hoch, als ihn das grelle Licht im Gesicht traf. Erst jetzt war er wieder Herr seiner Gedanken. Beim Überstreifen seines T-Shirts kontrollierte er sein Smartphone und sah den verpassten Anruf von Charlene. Eigentlich waren sie gestern Abend verabredet gewesen, aber noch war er zu schwach, um ihr Schimpfen an sein Ohr heranzulassen. Ihre Wut hatte er jedoch bereits im Bauch, sodass er Marianna noch vor dem Frühstück verließ. Hinzu kamen die stechenden Schmerzen im unteren Rücken, die ihn in letzter Zeit immer häufiger quälten.

Charlene hörte ihn besorgt über seine Schmerzen klagen. Der letzte Funken Leidenschaft füreinander war damit erst einmal wieder bis auf Weiteres erloschen. Wie konnten sie diesen Schmerz aus ihrer Beziehung vertreiben? Artie hatte sich längst herausgeschlichen, aber Charlene versuchte krampfhaft, an einer Rettung zu arbeiten. Je mehr sie sich anstrengte, desto verfahrener wurde es zwischen Artie und ihr.

Ob sie spürte, dass Artie sich langsam und lustvoll von Marianna auffressen ließ? Frauen wie Marianna waren bisher immer nur schnell durch sein Blickfeld gesprungen, ohne dass sie sich fest eingebrannt hatten. Mit ihrer grazilen Eleganz, ihrem subtilen Humor und ihrer Gewandtheit verkörperte Charlene das exakte Gegenteil, und genau diesen Typ Frau hatte Artie immer ausgesprochen attraktiv gefunden. Was hatte sich plötzlich in ihm verdreht? Waren es die Schmerzen oder ein Problem mit dem Älterwerden? Es herrschte Eiszeit, fast Verbitterung zwischen ihm und ihr.

Charlene hatte Lust, ihre Eltern in ihrem Sommerhaus auf Cape Cod zu besuchen. Vielleicht half es, einen klaren Kopf zu bekommen und aus den sie quälenden Gedankenschleifen auszusteigen. Sie liebte den Wind dort, die stundenlangen Spaziergänge am Strand. Manchmal stürzte sie sich in die Wellen, schwamm weit hinaus, um dann völlig erschöpft wieder zurückzukehren und in ihr großes Handtuch gehüllt dem Kreischen der Möwen zuzuhören. All das konnte in ihr Unterbewusstes eindringen, und manchmal fand sie kryptische Zeichen davon in ihrer Malerei wieder.
Das schlichte weiße Holzhaus auf dem Naturgrundstück war für sie der Inbegriff von Rückzug und Geborgenheit. Ihre Mutter hatte Wert darauf gelegt, dass das Innere eine angenehme Wärme ausstrahlte - ohne süßen, klebrigen Sahnebaiser, der einem den Atem nehmen konnte. Mit geblümten Kissen, Volants und verspieltem Porzellan vollgestopfte Häuser kannte sie aus

Einrichtungsmagazinen, aber zum Glück passte das Haus ihrer Eltern dort nicht hinein.
Mit einem Glas Rotwein am offenen Kamin zelebrierten sie ihr Zusammensein als Familie. Charlene war überrascht, dass ihre Eltern sich aus ihrem Alltag in Boston losreißen und dieses Wochenende mit ihr gemeinsam verbringen konnten. So etwas hatte es lange nicht gegeben. Charlenes Vater, der noch immer an der Harvard Medical School arbeitete, hatte die Melancholie, die seine Tochter mitbrachte, wohl bemerkt. Der Alkohol ließ die Stimmung gelöster werden, und eine lockere Unterhaltung hatte sich zunächst an oberflächlichen Themen entsponnen. Als die Holzscheite schon halb heruntergebrannt waren, steuerten sie in tiefere Gewässer. Ihre Mutter wagte es selten, Charlene auf ihre wahre Verfassung anzusprechen, aber heute konnte sie das Herz ihrer Tochter aufschließen. Alles brach aus ihr heraus - der Ärger über das korrupte Kunstgeschäft, die Unfreiheit des Künstlerinnen-Daseins, ihre marode Beziehung zu Artie, die sexuelle Übergriffigkeit von Stef Moons. Es war gerade zu viel. Hinzu kam die Belastung durch Arties Rückenschmerzen.
Charlenes Vater war überfordert mit den Gedanken, die seine Tochter vor ihm und seiner Frau ausbreitete, und lenkte das Gespräch auf seine Forschungsarbeiten, die er noch immer mit demselben Enthusiasmus betrieb wie zu Beginn seiner Karriere. Sein Arbeitskreis hatte gerade einen neuen Durchbruch erzielt - mit einem hochpoten-

ten Gift. Alles hatte seine zwei Seiten. So war die Substanz in der Lage, schwerste Schmerzen zu lindern, wenn man sie nur richtig und präzise genug dosieren und verabreichen konnte. Es war gelungen, winzige Mengen des Giftes in eine langsam freisetzende Formulierung zu bringen, die effizient in Nervenzellen eindringen konnte, um das Toxin genau dort freizugeben.
Charlene horchte auf. Konnte diese Entdeckung die Rettung für Artie sein? Könnte sie damit ihre Beziehung kitten? Waren das wirklich die richtigen Gedanken? Sie konnte es nicht ganz auseinanderhalten, was dabei überwog. War es Eigennutz oder eine wirklich tiefe Liebe zu Artie, die sie an dieser Idee festhalten ließ?

11 Klinische Studien

Gerade hatte sie sich erschöpft auf ihrer alten Couch niedergelassen. Das Bespannen der großen Keilrahmen mit Malertuch war schwere körperliche Arbeit, aber sie redete sich ein, dass die Kraft, die sie schon bei der Vorbereitung der Leinwände aufgewandt hatte, auch später in ihren Bildern zutage treten würde. Velvet Underground halfen ihr dabei.
„Sunday Morning" erklang, als es an der Tür klingelte.
„Sie erinnern sich, Mrs. Trumann? Inspector Blurry, NYPD."
Charlene musste sich erst einmal sammeln.

„Wir haben ein kleines, nicht beschriftetes Medizinglas in der Hotelsuite entdeckt, in der Mr. Burst tot aufgefunden wurde. In den darin befindlichen Pulverresten wurden Spuren von Tetrodotoxin nachgewiesen. Die chemische Struktur von TTX ist seit Anfang der 1960er-Jahre bekannt. Was haben Sie dazu zu sagen?"

„Tetrodotoxin?"

„Das hochwirksame Gift des Fugu-Fisches."

„Ich habe davon gehört. Artie hat gerne Sashimi vom Fugu-Fisch gegessen."

„Der Fisch, der hier in unseren Restaurants serviert wird, ist giftfrei, Mrs. Trumann. Das Gift ist als isolierte Substanz in den USA nicht im Handel. Haben Sie irgendeine Idee dazu?"

„Nein, Inspector Blurry."

„Wir haben festgestellt, dass die Medical School in Boston dieses Gift für Forschungszwecke verwendet. Ganz zufällig haben wir auch herausgefunden, dass Ihr Vater den TTX-Arbeitskreis leitet."

„Ich wusste nicht, dass Artie eine Verbindung zu meinem Vater hatte. Ich wusste anscheinend vieles nicht, was Artie betraf", bemerkte sie mit einem leicht zynischen Unterton und dem beißenden Gedanken an Marianna.

„Okay, wir gehen momentan davon aus, dass Mr. Burst die Tabletten nicht von Ihnen erhalten hat. Das war es schon wieder für heute. Ich danke Ihnen, Mrs. Trumann."

Professor Trumanns Sekretärin Rosie McLovin ließ ihn am kleinen runden Tisch ihres Büros warten.
„Professor Trumann wird gleich aus dem Meeting zurück sein", versuchte sie ihn nach 20-minütiger Wartezeit zu besänftigen. Inspector Blurry hatte derartige Situationen schon oft erlebt. So machte man eben seine Positionen klar. Er blieb souverän und entspannt, denn er wusste genau, dass er heute große Fortschritte im Fall Arthur Burst machen würde.
Robert Trumann öffnete energisch die Tür. „Entschuldigen Sie die Verspätung, Inspector. Wir mussten erst unsere neuesten Laborergebnisse diskutieren. Nun habe ich Zeit für Sie. Worum geht es?"
„Um eine Vergiftung mit TTX. Wir wissen, dass bei Ihnen gerade Studien mit dieser hochpotenten Substanz laufen. Wie weit sind Sie damit fortgeschritten?"
„Ich bin sehr stolz auf die Ergebnisse, die ich eben aus dem Labor erhalten habe. Im Rattenversuch hat sich TTX als außerordentlich wirksam und bei präziser Dosierung nebenwirkungsarm erwiesen. Damit haben wir in der Therapie stärkster Schmerzen einen Meilenstein erreicht. TTX hat wahrscheinlich kein Suchtpotenzial, so wie wir es von Opiaten kennen."
„Gratulation, Professor Trumann. Welche Schritte planen Sie nun?"
„Wir werden demnächst in die klinischen Studien Phase 1 einsteigen. Dafür muss die Tablettenformulierung

noch ein wenig optimiert werden. Wir gehen davon aus, dass wir im Juli damit starten können, also drei Monate vor unseren Konkurrenten in Japan."

„Und haben Sie auch schon den ersten Probanden für Ihre Studie?", fragte Inspector Blurry, um gleich im nächsten Atemzug die nächste Frage abzufeuern: „Welche Verbindung hatten Sie zu Arthur Burst?"

„Ich bin Mr. Burst nie persönlich begegnet. Meine Tochter hat ihn uns bisher nicht vorgestellt."

„So wie es aussieht, wird es dazu nun auch nicht mehr kommen. Zeigen Sie mir doch einmal, wo Sie Ihre Tabletten für Forschungszwecke herstellen und lagern."

„Folgen Sie mir, Inspector Blurry. Bitte ziehen Sie unsere Besucherkleidung und die Überschuhe an."

Inspector Blurry kam sich etwas albern vor mit seinem knapp sitzenden Tyvek-Kittel und den blauen Plastiküberziehern, die bei jedem seiner Schritte knisterten. Er musste das einfach über sich ergehen lassen, denn es führte kein Weg an dieser Besichtigung vorbei. Nur so konnte er sich ein vollständiges und verlässliches Bild verschaffen.

„Okay, dort drüben stehen also schon die vorbereiteten Tabletten für die nächste Studie?"

„Ja, wir warten nur noch auf die Analysenergebnisse. Wir müssen sichergehen, dass der hochwirksame Arzneistoff gleichmäßig dosiert worden ist."

„Was heißt das?"

„Die maximal zulässigen Gehaltsschwankungen bei diesen Tabletten sind außerordentlich gering, und wir müssen zeigen, dass die Spezifikationsgrenzen eingehalten werden, bevor wir mit der Studie beginnen. Ansonsten gefährden wir unsere Probanden und erhalten auch keine reproduzierbaren und verlässlichen Aussagen."
„Ich sehe schon - Sie gehen das Ganze sehr verantwortungsvoll an, Professor Trumann."
„Wir können uns keine Fehler erlauben. Damit würden wir sofort unsere jahrelangen Forschungen zunichtemachen."
„Ich danke Ihnen für Ihre Einblicke. Sehr interessant!"
„Gerne, Inspector, gerne."

12 Rosies Ohr

Seine Euphorie sollte sich sehr schnell legen, als er den E-Mail-Anhang des Auftragslabors öffnete. Der Wirkstoffgehalt der Tabletten wich bei einzelnen Exemplaren um mehr als 30 Prozent vom Sollwert ab. Es gab also Tabletten, die viel zu wenig TTX, und andere, die viel zu viel TTX enthielten. Damit konnte er keine klinische Studie starten. Eine neue Charge musste produziert und wieder analysiert werden. Ihm liefen nicht nur die Zeit, sondern auch die Kosten davon.

Rosie McLovin hatte nur einen Lebensinhalt: Professor Robert Trumann zu Diensten zu sein. Dunkelblaue Gabardinehose, gestreifte Popelinebluse, etwas Goldschmuck, die grauen mittellangen Haare voluminös nach hinten geföhnt. Ein wenig Lippenstift, manchmal sogar dezenten Nagellack - seriös, perfekt, aber keinesfalls verführerisch. Sie passte in den naturwissenschaftlichen Kontext. Man vertraute ihr alles an, und es war in guten Händen.

Charlene und Rosie kannten sich schon seit Jahrzehnten. Rosie war wie eine zweite Mutter für sie gewesen, als ihr Vater sie als kleines Kind hin und wieder mit in die Uni nahm. Immer freundlich und gutmütig. Charlene konnte sie einfach um den Finger wickeln. Später dann, in den Teenagerjahren, hatte sie stets ein offenes und neutrales Ohr, wenn Charlene unter Liebeskummer litt und ihr Herz bei ihr ausschüttete.

„Mrs. McLovin, wie war Ihr Verhältnis zu Arthur Burst?"

„Mein Verhältnis? Ich hatte kein Verhältnis zu und schon gar nicht mit Mr. Burst."

„So habe ich es nicht gemeint, verzeihen Sie. Ich frage nun einfach ganz unverfänglich: Haben Sie Arthur Burst persönlich gekannt?"

„Nein, ich interessiere mich nicht für moderne Kunst. Ich mag nur die Bilder von Charlene."

„Sie haben Charlene sehr gern?"

„Wissen Sie, Inspector Blurry, ich habe nun mal keine eigenen Kinder."

„Das Vertrauen zwischen Ihnen und Charlene war immer grenzenlos?"

„Ich habe Charlene immer zur Seite gestanden."

„Erzählen Sie mir ein bisschen über Ihre Arbeit hier."

„Mr. Trumann hat mich, als er seine Professur antrat, als Sekretärin eingestellt. Ich habe alle Schreibarbeiten, die Terminorganisation, seine Reiseplanung, später auch die Buchhaltung und den Versand von Laborproben für ihn übernommen. Ein bisschen stolz bin ich schon, dass er mir immer mehr Verantwortung übertragen hat. Er war immer sehr zufrieden mit meiner Arbeit."

„Seine Tochter auch."

„Ich habe nie für Professor Trumanns Tochter gearbeitet."

„Sie sollen ein sehr inniges Verhältnis zu ihr gehabt haben."

„Ich hatte immer ein offenes Ohr für sie. Zu Hause hat das manchmal gefehlt. Charlene hatte Schwierigkeiten, dort über ihre Probleme zu reden. Ihre Eltern stellen sehr hohe Ansprüche an sie."

„Mrs. McLovin, Ihre Loyalität in allen Ehren, aber überschreiten Sie damit nicht manchmal Ihre eigenen Grenzen?"

„Was meinen Sie damit?"

„Ich habe gerade ganz frische Ergebnisse von unserer Spurensicherung bekommen. Ihre Fingerabdrücke wurden an dem Medizingläschen gefunden, das sich in der Suite von Arthur Burst befand."

„Ich habe Ihnen doch gesagt, dass ich nichts mit diesem Mr. Burst zu tun hatte."

„Das mag sein. Wir haben auch Fingerabdrücke von Charlene Trumann und von Mr. Burst selbst an dem Glas entdeckt. Meinen Sie nicht, dass zu viel Altruismus manchmal schädlich sein kann?"

„Ich habe immer nach bestem Wissen und Gewissen gehandelt. Immer im Dienste des Guten."

„Wer war Ihr Auftraggeber?"

„Welchen Auftrag meinen Sie?"

„Sie müssen doch das Glas mit den TTX-Tabletten aus dem Laborbereich entnommen haben. Außer Ihnen, den technischen Angestellten und Professor Trumann hat niemand Zutritt zu diesem Bereich. Sie haben die Tabletten an Charlene übergeben, um ihr einen Gefallen zu tun!"

Rosie McLovin zitterte mit einem Mal am ganzen Körper und sank in ihren ergonomischen Bürostuhl. Das Blut verließ ihr Gesicht, und sie hielt sich krampfhaft an den Armlehnen fest. Nach Atem ringend stammelte sie eine Erklärung: „Mrs. Trumann hat mich darum gebeten. Ja."

„Mrs. McLovin, die Tabletten enthielten teilweise 30 Prozent mehr Wirkstoff als beabsichtigt. Damit ist die tödliche Dosis weit überschritten!"

„Woher sollte ich das wissen? Ich habe nur Charlenes Auftrag erfüllt."

„Ja, Mrs. McLovin. Auch sie hatte nur Gutes im Sinn gehabt. Sie glaubte, Arthur mit diesen Tabletten helfen zu können. Er litt in den letzten Monaten unter sehr starken Rückenschmerzen. Mr. Burst hat Charlene vertraut. Die Tabletten stammten ja aus dem Labor ihres Vaters, dem renommierten Professor."

„Tödliche Schlamperei an der Harvard Medical School - Artie Burst stirbt durch TTX

Alle wollen immer nur das Beste. Manchmal lohnt es sich jedoch, dabei den Kopf einzuschalten - insbesondere im Umgang mit Tetrodotoxin!

Der tragische Tod des international bekannten und hoch dotierten Künstlers Artie Burst wäre absolut vermeidbar gewesen, wenn persönliche Interessen, blindes Vertrauen und grobe Fahrlässigkeit im Forschungslabor von Professor Robert Trumann nicht aufeinandergestoßen wären ..."

Das war der Aufmacher des *Boston Globe* an diesem Wochenende. Professor Trumann, Rosie und Charlene waren damit erledigt, aber Arties Kunst lebte weiter - solange Barbies Gliedmaßen und Haare dem Formaldehyd standhielten.

DAS TODESRETREAT

„Moment of Freedom
as the prisoner blinks in the sun
like a mole
from his hole

a child's 1st trip
away from home

That moment of Freedom"
(Jim Morrison)

1 Blut im Meer

In der Mitte des Lebens, all die materiellen Sehnsüchte und gesellschaftlichen Ansprüche waren erfüllt, gabelte sich sein Weg in Krankheit oder Heilung. Florian glaubte an etwas, und je älter er wurde, desto stärker wurde sein Gespinst aus Leitlinien, an denen er sich aus der Vergangenheit in die Zukunft hangelte. Er rannte sich auf der Businessautobahn die Zunge aus dem Hals und in der Freizeit weiter in den Marathonsieg, nahm die schnittige Abfahrt beim Heliskiing, wagte den Aufstieg auf den Mount Everest. Seine Adern waren es gewohnt, sich dem Adrenalin hinzugeben, sein Blut war der Süße des Traubenzuckers verfallen. Die Schlagzahl seines Herzens war überdurchschnittlich, seine Muskeln dau-

erhaft kampfbereit. Bereit für den Kampf gegen den inneren Schweinehund, seine jungen Kollegen, seine alte Mutter, seine alte Ehe, seine Kinder, die nicht in seiner Spur fuhren - und gegen sich selbst. Er wusste gar nichts von diesem Krieg. Er wusste nur, dass er seinen Körper möglichst schnell wieder im Griff haben wollte, und das, was er dafür brauchte, stand verklausuliert auf dem kleinen rosa Zettel im Querformat. Einmal täglich eine, und danach war alles gut. Er konnte es wieder mit den Kollegen aufnehmen, die es genauso machten oder bald so machen würden. Auch sie hatten den Knebelvertrag stillschweigend abgenickt.
Er konnte Katharina einfach nicht verstehen. Was immer es auch mit diesen indischen Tieren auf sich hatte, die sie täglich turnte, dem Singsang und dem leblosen Hocken auf dem Dinkelkissen – so viel Zeit blieb ihm nicht mehr. In diesem Tempo konnte er nicht überholen.

David war aus den USA gekommen. Er hatte sein Studio ‚Sweat.Move.Breathe' in Altona gleich zu Beginn des großen Hypes eröffnet, und es verging kein Tag ohne Warteliste. Sein athletischer, flexibler Körper war ohne Frage eine Augenweide, und seine weiche, aber gleichzeitig tiefe und feste Stimme mit dem Bostoner Akzent waren wichtige Anheizer für das eigene Übungsverhalten in körperbetonenden Trikotagen.

2 Absturz

Den Schädelbasisbruch hatte sie nicht überlebt. Erst als alles zu spät war, fand man sie gut 20 Meter unterhalb der zerklüfteten Felswand. Das Wasser bewegte sich rhythmisch und ließ oben nur noch ein leichtes Rauschen zurück. Der Ausblick auf das tiefblaue Mittelmeer war spektakulär.

Am frühen Morgen waren Katharina und Amrita von Patara aus aufgebrochen, um ein Stück des Lykischen Weges Richtung Kalkan zu wandern. Kleine rot-weiße Markierungen kennzeichneten den Pfad, aber allzu leicht übersah man die verwitterten Zeichen, und so kamen andere Wanderer auf die Idee, sie mit Türmen aus Steinen besser auffindbar zu machen. Trotzdem verirrten sich die beiden eng befreundeten Frauen in dieser unwirklichen, heiß-trockenen Landschaft immer wieder, sodass sie auf den steinigen und mit dornigen Sträuchern gesäumten Trails nur sehr langsam vorankamen. Ihre Wasservorräte waren schneller als erwartet aufgebraucht. Die aromatischen Gerüche der Rosmarin-, Salbei- und Thymianpflanzen mischten sich im Wind zu etwas süchtig Machendem. Pinien, Eukalyptus- und Olivenbäume prägten das Bild der Täler. Ein paar Ziegen wiesen darauf hin, dass sie wohl nicht allzu weit von der Zivilisation entfernt waren. Alles war noch so ursprünglich und naturnah, wie Katharina und Amrita es sich erhofft hatten. Auch deswegen hatten sie sich für das „Love, Peace & Soul Yoga Retreat" angemeldet. Achtsamer Umgang, neue Körpererfahrungen, ausgewogene Ernährung und ein bisschen Abenteuer. Davon hielt diese Reise mehr als genug bereit.

3 Body and Mind Experience

Katharina und Amrita standen mitten im Berufsleben. Geld war kein Thema, denn es war immer da und ein Versiegen des Flusses unwahrscheinlich, solange sie sich dem Strom hingaben und nicht zu weit ins eigene Herz schauten. Mit Yoga und Meditationen konnten sie die hohen Anforderungen meistern und sich mit dem so oft in der Konzernwelt geforderten Prädikat „stressresistent" schmücken. Amrita hieß eigentlich Anna, Anna Rosinke, aber irgendwann, als die erste große Yogawelle über die Stadt hinwegschwappte, begann sie sich Amrita zu nennen, denn in der hinduistischen Mythologie war das der Name eines Elixiers, das außerordentliche Kraft und Unsterblichkeit verleihen soll. Da sie im Inneren sehr verletzlich war, versuchte Anna immer mehr, die Identität von Amrita anzunehmen, und achtete genau darauf, dass alle Freunde und Bekannte sie nur noch als dieses wiedergeborene starke Wesen zu sehen bekamen.

Ursprünglich sollte es keines sein, aber es wurde mehr und mehr ein zielgerichtetes Streben daraus, denn sie verfolgte im Unterbewussten einen totalen Gleichmut, ein Durchziehen der Gedanken oder möglichst völlige Gedankenleere und das Loslassen anhaftender Gefühle. Danach sollte sich die erhoffte Erleuchtung einstellen. Gesunder Körper, klarer Geist und ein gutes Karma! Mit anderen Worten: Anna aka Amrita richtete ihr Leben streng nach yogischen Gesichtspunkten aus.

Noch deutlich vor dem Morgengrauen begann sie mit ihren körperlichen Übungen und Meditationen. Ein brotloses Frühstück mit einer Tasse Kräutertee sowie ein leichter abendlicher Salat betteten ihren schweren, langen Arbeitstag ein, und dieser ließ sich bisher nicht yogisch bestimmen. Irgendwie musste sie kompromissbereit sein, denn die Miete fraß regelmäßig 40 Prozent ihres Nettoeinkommens weg. Den Sinn der Key Performance Indicators, deren Werte Anna regelmäßig in die Spalten ihres Tabellenkalkulationsprogramms eingab und am Monatsende im Gruppenmeeting präsentierte, hinterfragte sie schon lange nicht mehr. Die Amrita-Rolle hingegen versprach Erfüllung und gab ihr das gute Gefühl, alles unter Kontrolle zu haben. Amrita wog nun fünf Kilogramm weniger als Anna, war daueraktiv und attraktiv. Ihr dunkelbraunes Haar hatte sie zu einem lockeren Dutt zusammengesteckt, und nur ihre schmalen Lippen und die tiefe Kerbe zwischen ihren pinselstrichdünnen Augenbrauen ließen darauf schließen, wie es wirklich in ihr aussah.

Im Studio, wo sie sich mit Katharina und ihrer gemeinsamen Bekannten Carolyne zweimal die Woche zur „Advanced Class" bei David traf, war sie nun nicht mehr die schwer atmende, schwitzende Bürofigur, sondern eine angenehm riechende, schwebende Erscheinung. Sie beherrschte den Yogaflow vollkommen, baute aber gelegentlich kleine Fehlhaltungen ein, damit David sie mit ein paar gut sitzenden Handgriffen „adjusten" konnte. Weiteratmen!

Katharina Lauritz und Anna Rosinke waren das erste Mal vor drei Jahren beim MBSR-Kurs aufeinandergetroffen. Damals, als ihre Tochter Violetta noch nicht einmal ein Jahr alt war, gab es zwischen Katharina und ihrem Mann Florian die erste große Krise. Seitdem versuchte sie mit allen Mitteln, gelassen zu bleiben und neben der Mutter auch Frau und erfolgreiche Texterin zu sein. Mindfulness-Based Stress Reduction, MBSR, war für sie selbst - und auch für Anna - der Türöffner in die „Selfcare-Welt", die bei ihnen auch Ashtanga-Yoga umfasste. Diese dynamische, fließende Praxis wurde selbst in Hamburg nur in fünf Studios angeboten. Ihr Vertrauen schenkten sie dem flexiblen David mit den mystischen Oberarmtattoos.

David verkörperte die Naturgewalten, die Freiheit von gesellschaftlichen Konventionen, wusste aber, dass er mit sich selbst achtsam umgehen musste, wenn er eine

Gruppe suchender Frauen und Männer zur yogischen Meisterschaft anleiten wollte. Dafür musste er nichts anderes tun, als das Programm, das er täglich für sich selbst durchlief, zu öffnen und zu erklären.
Sein Publikum hatte Sehnsucht nach Körperlichkeit, und nur wenige Teilnehmerinnen gingen souverän über den gruppeninternen Wettkampf hinweg. Die „Kämpferinnen" schauten manchmal gereizt, aber manchmal auch mitleidig durch die gegrätschten Beine nach hinten zu denen, die neu waren. David hatte ein feines Gespür für das, was zwischenmenschlich lief. Es war noch ein weiter Weg bis zur Erleuchtung bei so viel unterschwelliger Aggression und Eifersucht. Und dann gab es da die beiden Männer, die gelesen hatten, dass Yoga gesund sein soll, gerade dann, wenn man dabei so vielen Frauen in besonderen Positionen zusehen kann. Sie fehlten in keiner Stunde, und immer wenn andere, entspanntere Männer wie Finn und Lasse auftauchten, profitierte gleich die ganze Gruppe davon. Andrea und Annalena waren jedoch hervorragend darin, diesen Effekt mit ihrer Arroganz und ihrem krankhaften Ehrgeiz umgehend wieder zu zerstören. Wer wollte hier wem was beweisen und warum? Warum konzentrierten sich menschliche Abgründe so tief wie der Marianengraben gerade an einem Ort, an dem es um innere Gelassenheit und wirkliches Erwachsenwerden ging? Manchmal sind schon 20 Meter tödlich.

4 Brahmacharya

David war ein schwieriger Fall, denn er übte sich in allen Bereichen des Lebens in Enthaltsamkeit oder zumindest Mäßigung ganz im Sinne der yogischen Lehre. Brahmacharya ist Reinheit in Gedanke, Wort und Tat. Damit hatte Katharina nicht gerechnet, als sie zusammen mit der verwandelten Anna ihren Mitgliedsantrag bei ihm abgab. Ihre Bedürfnisse waren ihr gar nicht bewusst, vielleicht glaubte sie auch, darüber zu stehen. Ihre Krise mit Florian war doch nicht verantwortlich dafür, dass sie sich nun nach Sury Namaskara A und B sehnte. Wie wäre es, wenn zum Beispiel Olaf von der letzten Matte ihre Haltung mit seinen groben fleischigen Fingern korrigieren würde und schnaufender Klassenvorturner wäre? Doch, sie musste sich eingestehen, dass ganz klar David ihr Motivationsturbo war. Er hielt eine innere Flamme am Lodern - und nicht nur ihre, sondern auch Annas und Carolynes.

Es war kein Geheimnis, dass bei Anna die gesamte Identität Feuer gefangen hatte, als ihre Transformation zu Amrita begann. Carolyne jedoch ließ sich bezüglich ihres Innenlebens nicht in die Karten schauen.

Nein, die Luft im Studio war nicht immer aufgeladen mit Neid, Eifersucht, Erfolgsstreben. Die Spiritualität bahnte sich ihren Weg, der Chai köchelte vor sich hin. Die goldenen Buddhas in den Fensternischen zeigten ihr dauerhaftes Lächeln und schafften es tatsächlich spätestens, wenn die Klangschale keine wahrnehmbare Vibration mehr von sich gab, ein Gefühl von Angekommensein unter den Übenden zu verbreiten. Erst als sie mit David die Sonnengrüße absolviert hatten, schlug die Stimmung um, und der Ehrgeiz übernahm die Regie. Das Gift kroch von Matte zu Matte, und David konnte nichts dagegen ausrichten.

Plötzlich hängte er dieses wunderbare Foto von Patara, einem kleinen paradiesischen Ort in einem Naturschutzgebiet an der türkischen Mittelmeerküste, auf. Eine Melange aus Türkis, Dunkelblau und weißem Sandstrand. Das war alles.
„Wir wollen ein Retreat mit dir, David! Genau an diesem Fleck der Erde."
„Ihr versteht mich ohne Wörter, und ich verstehe euch ohne Wörter. How do you say it? John kommt mit."
„Wer ist John?"
„My dear friend from California."
„Wow!"
„Ich will mit, egal was es kostet!", schoss es aus Anna-Amrita heraus.
„Bin auf jeden Fall dabei!", versicherte Carolyne.

Katharina spürte, wie sich etwas in ihrem Magen zusammenzog, erneut überstand sie eine innere Säureattacke. Der Gedanke an Violettas Strahlen war in solchen Fällen ein wirksames Gegenmittel. Dieses kleine Wesen mit seiner geballten Spontaneität, den überraschenden Fragen, manchmal brutaler Direktheit, verzauberte sie jeden Tag.

Warum nur verkleistern wir uns im Laufe der Jahre die Sicht auf die Welt, maßregeln uns, beschneiden uns und machen uns passend? Könnte Gesellschaft nicht auch anders funktionieren? Gedanken, die in Katharina hochschossen. Zur Praxis gehörte etwas mehr Mut. Davids Retreat als Experimentierfeld? Ein innerer Forschungsauftrag als Rechtfertigung vor sich selbst? Sie würde ja Violetta zu Hause lassen müssen. Der nächste Streit mit Florian wäre vorprogrammiert, aber das ließ sie gerade kalt. Sie wollte sich persönlich weiterentwickeln, doch Florian war zufrieden mit dem Leben, total gesättigt. Es ist so, wie es ist. Er hatte doch alles, und bis auf den Abteilungsleiterposten wollte er gar nichts mehr.

Irgendwann, kurz nach Violettas Geburt muss es gewesen sein, als Katharina spürte, dass das Leben eine unsichtbare Weiche gestellt hatte und Florian und sie nicht mehr im selben Zug saßen. Reden half nichts, denn Verstehen allein reichte nicht aus, schon gar nicht bei diesem Retreat. Katharina hatte entschieden.

Yogafashion, nachhaltig und fair! „Namaste" stand auf ihrem neuen, garantiert veganen Shirt. Hamburg — Istanbul - Dalaman und dann weiter mit dem Kleinbus. Bei 35 Grad kein Vergnügen, aber dafür standen ihnen allen elf Tage Yoga mit David und John, gesundes regionales Essen und Raum für Naturbegegnungen bevor. Wer war eigentlich dieser John?
Erst einmal ein guter Freund von David, Wellenreiter und Kitesurfer. Yoga, so erzählte er im Bus, hatte ihm dabei geholfen, das Surfen und seinen Körper zu optimieren. Er war kräftiger als David, breitschultrig, und trug ein dünnes schwarzes Lederband mit einer silbernen kleinen Schildkröte um den Hals. Seine dunkelblonden Haare waren nicht mehr so lang und verfilzt, wie sie noch vor ein paar Jahren gewesen waren. Nun, mit 43, fand er etwas mehr Form passender.
John lebte seine Werte - Freiheit und Unabhängigkeit — kompromisslos aus. Katharina fand das, was er da erzählte, mutig und bewunderte ihn, aber fehlte einem nicht doch irgendwann eine Familie oder eine feste Partnerschaft? Warum dachte sie nur ständig im Kreis?

Understand one thing
If and when you drink from this vast ocean
You can't control it
Na, na, you can't control it
(Jack Johnson)

You can't control it? Die asketische Amrita hatte alles unter Kontrolle. Die Abschaffung der Dekadenz in ihrem Leben und der hemmungslose Kampf dafür erzeugte in ihr einen absurd erhabenen Zustand.

5 Frankfurt (Oder)

Amrita wurde in den Siebzigerjahren hier geboren, am letzten Ende. Gegenüber ist Słubice. Immerhin war der Balkon ihrer Plattenbauwohnung in einem freundlichen Orange gestrichen, und Muttis selbst gezogene Studentenblumen rochen zwar unangenehm, passten aber so gut dazu in den grünen Plastekästen. Irgendwie war in Anna-Amritas Leben alles so geradlinig wie das Haus, in dem sie mit ihren beiden Geschwistern aufwuchs. Bis zur Wende zumindest. Amrita lernte schnell und viel, und sie lernte auch, dass sie im Westen mit ihrem Schulabschluss bessere Aufstiegschancen haben würde. Hamburg war verheißungsvoll, aber ohne Nebenjob im BWL-Studium hätte der Traum nur für eine kleine Mansardenwohnung in Steilshoop gereicht. Zu essen hatte sie dann noch nichts. Ihre eiserne Disziplin ließ sie nachts im „Le Lion" arbeiten, und ihre Gewandtheit insbesondere im Umgang mit den männlichen Gästen verschaffte ihr schon früh deutlich mehr als ein studentisches Leben. Jeder Pfennig floss in ihre Aktienfonds. Wer weiß, was noch kommt? Sie mochte es nicht, nicht gewappnet zu sein. Sie war stets fokussiert und ehrgeizig. Zielstrebigkeit, Resilienz, grenzenloses Engagement - das sind Features, die jeder Arbeitgeber gern sieht. Sie hatte aber noch viel mehr zu bieten: ein gepflegtes Erscheinungsbild und ein ausgezeichnetes Diplom, das das Mindesthaltbarkeitsdatum noch lange nicht überschritten hatte. Sie entschied sich für den großen Logistikkonzern und die 110-Quadratmeter-Neubauwohnung mit Blick auf die Elbe. Die Aussichten waren in doppelter Hinsicht atemberaubend. Der lineare, nein, der sogar exponentielle Zusammenhang zwischen Einsatz gepaart mit Anpassungswilligkeit und sozialem Aufstieg hatte sich bei ihr eingebrannt. Ihre Gedanken kannten nur diese Dimension, und wo sie hinschaute, fand sie sich bestätigt.

Nach Freiheit und Unabhängigkeit strebende Menschen wie John McIlvain verstand sie auch nach ihrem Sprung in die Amrita-Rolle überhaupt nicht. John schien es um etwas anderes zu gehen als den Verstand. Die Welle, sein Board und er selbst schienen die einzigen Kalkulationsfaktoren in seinem Leben zu sein. Konnte oder durfte es so einfach sein? So unterschiedlich waren ihre Leben bei genauer Betrachtung vielleicht gar nicht. Beide wollten erfolgreich sein. Wellenreiten war jedoch kein anerkannter Studiengang, und Vertrauen ins Leben und in sich selbst waren mit Druck von innen oder außen nur schwer zu erreichen.

Katharina begann, mit Johns Lebensphilosophie zu sympathisieren. Anna bemerkte es sofort. Am ersten Tag ihres Retreats versuchte sie es noch mit gutem Zureden, aber später zog sie die Zügel an. Sie wollte Katharina nicht an einen wildfremden Mann verlieren. Auf wen konnte sie sich sonst noch verlassen? Bei Carolyne war sie sich nicht sicher. Sie war so wenig durchschaubar.

Anna war das Stärkungselixier namens Amrita nicht gut bekommen. Als Nebenwirkung traten Missionierungsversuche auf, die Übererfüllung yogischer Lebensweisen und eine Klassenbesten-Attitüde. Katharina spürte wieder diesen Kloß im Magen, fast schon Übelkeit.

Shavasana - Totenstellung. Sie lagen unter dem Dach aus Stroh, und hin und wieder blitzte die Sonne durch die Lücken.

Auch mit geschlossenen Augen konnte Katharina das wahrnehmen. Eine dünne Schicht von Schweiß überzog ihren Körper, der leichte Wind fühlte sich wie ein kühlendes Tuch an. Ihre mittellangen brünetten Haare mit naturblonden Strähnen lagen halbkreisförmig ausgebreitet da.
Herzschlag und Atmung kamen zur Ruhe, und die Energie, die durch die Yogastunde aktiviert wurde, verteil-

te sich in ihr. Der Holzboden bewegte sich unter Johns Schritten. Wer wollte, bekam eine Stirnmassage von ihm. Alle wollten. Der Duft von Nelken-, Rosmarin- und Pomeranzenöl lag in der Luft, schien die Haut zu durchdringen und direkt ins Hirn zu kriechen. In Katharina weichte etwas auf, als Johns Finger auf ihre Stirn klopften, mal starken und mal sanften Druck ausübten. Mehr Entspannung ging nicht. Es übertraf alles, was sie je mit Florian erlebt hatte. John bemerkte, wie sehr Katharina auf seine Finger reagierte, während er bei Amrita und Carolyne eher Anspannung beobachtete.

Amrita wachte auf, als es an der Tür des Nebenzimmers hölzern klopfte und kurz darauf ein leichtes Knarren zu hören war. Eine Unterhaltung begann, aber irgendwann schlief sie darüber wieder ein. Katharina und John fehlten bei der Morgenmeditation. Hatte sie Florian betrogen? Sie hatten sich schon so lange voneinander distanziert. Violetta und das gemeinsame Haus verband sie noch, aber ansonsten lebte jeder sein eigenes Leben.

Katharina beschloss, das Abenteuer mit John erst einmal für sich zu behalten und schwebend zu genießen.

Amrita hatte sofort erfasst, was zwischen John und Katharina lief. Im Kampf gegen ihre Eifersucht rang sie nach Luft, denn ihr enthaltsames Leben war nur die Erfüllung einer selbst auferlegten Norm und basierte nicht auf innerem Loslassen körperlicher Bedürfnisse. Ihr wurde beißend bewusst, dass sie in dieser Hinsicht noch längst nicht erfolgreich war. Plötzlich kamen Zweifel in ihr hoch, doch ganz schnell war sie wieder in den Fängen ihrer inneren Polizei. OM.

Holger war der einzige Mann, der es wagte, mit sieben Frauen in sein persönliches Wachstum zu gehen. Holger war dieser neutrale, uncharismatische Mensch, der alles einmal ausprobierte und ziellos im Leben herumirrte, nachdem er seine Regina verlassen hatte. Oder hatte sie ihn verlassen? Die Frauen hier interessierten ihn eigentlich nicht, und umgekehrt musste es wohl auch so gewesen sein. Er wollte einfach nicht allein reisen und die Natur mit seinen Trekking-Sandalen und den 7/8-Hosen aus atmungsaktivem Material erkunden. Eine Hose, die sich übrigens per Zipper in Bermudas verwandeln ließ. Er hatte zu fast allen Themen etwas zu sagen und war immer dort, wo gerade ein Ratschlag oder eine helfende Hand benötigt wurde. Von Yoga und Meditation hatten die Damen in der Firmenkantine so begeistert erzählt, dass Holger sich vornahm, irgendwann einmal eigene Erfahrungen beisteuern zu können. Er stellte sich vor, wie bewundernd ihn die Kolleginnen dann anschauen würden. Nicht nur das. Sein Durchhaltevermögen war, anders als seine Beziehung zu Regina, grenzenlos, und so würde er die erste Ashtanga-Serie mühelos durchturnen können. Das Athletische, Anmutige und Dynamische von David und John wird er jedoch nur schwer erreichen. Irgendetwas fehlte da. Der Yogi-Spirit vielleicht, denn das war eine Einstellung, die er nicht wie eine Programmiersprache lernen konnte. Mit ihm und Anna trafen sich zwei in ihrer Denkweise verwandte Wesen, doch was eigentlich harmonieren sollte, erfüllte Amrita mit Abscheu. Sie empfand Holgers Annäherungsversuche fast als Affront, denn wenn schon, dann sollte es John sein, doch der war unerreichbar. Von Katharina besetzt. Bisher hatte sie Holger als geschlechtslos wahrgenommen. Woher rührte seine plötzliche Männlichkeit? Die erotischen Schwingungen im Raum mussten ihn aufgeladen haben. Er erschien ihr wie ein Tiger, der aus dem Gefängnis seines Lebens ausgebrochen war: Nun konnte er sich kraftvoll und voller männlicher Energie zeigen. David und John hatten ihm vorgemacht, wie echtes Leben sein konnte.

6 Uludağ und das Pulsieren

Der Seewind hatte sich gerade wieder beruhigt, und John brauchte sich keine Gedanken mehr über einen abendlichen Surf zu machen. Das Meer war flach wie ein Spiegel. Farbtöne von Blassblau bis Gelblich-Rosa bildeten einen schon fast zu süßlichen Verlauf am Himmel und setzten sich nur leicht anders nuanciert im Wasser fort. Tagsüber hatte man sich im weichen weißen Sand die Fußsohlen verbrannt, aber jetzt, gegen

Abend, war er gerade richtig temperiert. Meeresfeuchtigkeit hing in der Luft und transportierte einen leichten Algengeruch, meditativ breitete sich eine dünne Schicht Wasser wie eine Zunge vor ihnen aus, die beim Zurückweichen immer eine Portion Sand mitnahm.
Katharina und John setzten sich nach ein paar gemeinsam gelaufenen Kilometern in den warmen Sand und starrten auf den Horizont. Einige Meter entfernt ankerte eine Segelyacht, und hin und wieder schwappte etwas von der angeheiterten Stimmung und von den eingängigen, leichten Rhythmen herüber.
Sie lehnten aneinander, wortlos und wissend, dass das alles hier in wenigen Tagen zu Ende sein würde. John wird Kalifornien nie dauerhaft verlassen. Huntington Beach. In dieser Hinsicht ist er sehr konservativ, genauso wie Katharina. Sie musste mit Violetta in Hamburg bleiben, denn ihre Tochter sollte auch ihren Vater sehen können.
Unbegreifliches Glück, das Gefühl der Unsterblichkeit und tiefer Schmerz verbunden mit gefährlichen Sinnfragen lagen oft dramatisch nah beieinander.

In Katharina gab es kein Pulsieren mehr. Ausgetrocknet und unkonzentriert näherte sie sich der Abbruchkante in der Mittagshitze, stolperte, weil alles nur noch vor ihren Augen flimmerte. Absturz.

„Frau Rosinke, hätten Sie den Sturz von Frau Lauritz nicht verhindern können?“, wollte Inspektor Aydin wissen. Sie hatten sich doch kurz vorher mit ihrer Freundin verständigt, damit sie noch eine Flasche Wasser vorbeibringt?

„Carolyne hat einfach zu lange gebraucht. Katharina hat deshalb sehr hastig getrunken und ist weitergelaufen, bevor sie wieder richtig stabil war. Wir konnten sie nicht aufhalten.“

„Und kurz darauf ist sie zusammengebrochen, ausgerechnet am Felsvorsprung dort drüben?“

„Sie schwankte, weil ihr durch die Hitze schwindelig geworden war, nehme ich an.“

„Frau Magovke, Sie haben sich auf dem Weg hierher verfahren?“

„Makovki ist mein Name“, korrigierte Carolyne Inspektor Aydin in ihrer bestimmten Art. „Nein, ich habe mich natürlich nicht verfahren.“

„Ich meinte vorgestern, als Sie Frau Lauritz mit Ihrem Getränk retten wollten.“

„Mit meinem Getränk?“

„Es war kein Wasser!“, behauptete Öner Aydin.

„Es war reines türkisches Wasser.“

„Türkisches Wasser in türkischer Zitronenlimonade.“

„Dann war es eben türkische Zitronenlimonade. Hauptsache etwas zu trinken. Ich habe einfach irgendeine von den herumstehenden Flaschen gegriffen.“

„Uludağ war es.“

Carolyne Makovki war ein unbeschriebenes Blatt aus Neubukow. Innen so neutral wie der verständnisvolle Holger, aber außen bunt. Ihre dicken dunkelbraunen Haare trug sie stumpf geschnitten in einer Rundfrisur mit Pony, der ihre rauchig geschminkten Augen betonte. Ein silbernes Lippenpiercing in Perlenform erweckte den Eindruck, dass sie den Schmerz des Lebens gespürt haben könnte. Eigentlich war sie noch lange nicht erwachsen, auch mit ihren 44 Jahren nicht. Vor dem Schmerz hatte sie sich geschickt in Acht genommen, so wie sie es in ihrer Familie gelernt hatte. Ein guter Kumpel war sie, ganz und gar keine Spielverderberin und zu jeder Schandtat bereit, wenn andere sie dazu anstifteten. Als Verfahrenstechnikerin arbeitete sie in einem Hamburger Maschinenbau-Unternehmen. Durch ihre pragmatische Art lief es im Job gut für sie, aber ihre Schroffheit stieß selbst in ihrem sehr männlichen Firmenumfeld gelegentlich auf Widerstand. An Carolyne schien das alles folgenlos abzuprallen. An den Wochenenden fiel die Lederkutte, die sie in ihrer Vorstellung trug, oft von ihr ab, so sehr sie sich auch bemühte, sie wieder anzuziehen. War das jetzt Einsamkeit? Es gab kaum ein Gefühl, das sie als bedrohlicher empfand.

Warum, das wusste sie noch nicht, aber sie glaubte, Yoga sei eine gute Waffe dagegen, und so war Carolyne zusammen mit Katharina und Anna auf der Matte bei David gelandet.

„Wir haben die PET-Flasche in einem Strauch unten an der Felswand gefunden, direkt oberhalb der Stelle, wo Katharina Lauritz aufgeschlagen ist."
„Am Strand liegt so einiges herum. Katharina hat Wasser getrunken, aus einer Alu-Flasche. Ich habe ihr die Flasche doch vorbeigebracht."
Inspektor Aydin bestand darauf: „Frau Magovke, das kann sein. Frau Lauritz hat aber auch unsere türkische Limonade getrunken. Zutaten: Wasser, Zucker, Kohlensäure, Säuerungsmittel (Citronensäure), Konservierungsstoffe (Natriumbenzoat, Kaliumsorbat), Aromen. Irgendetwas war zusätzlich drin. Unser Labor ist noch auf der Suche."

Amrita und Carolyne waren hier schon einmal unterwegs gewesen — vor ein paar Tagen, Mittwoch, als Katharina mit John verschwunden war. Überwältigende Ausblicke auf das tiefblaue Meer und Täler mit Pinien und Olivenbäumen hatten sie belohnt. Manche Pflanzen setzten fremde würzige Gerüche frei, als sie sie berührten. Ihre Schritte erschreckten die kleinen Echsen, die daraufhin blitzschnell wieder ins Gestrüpp huschten. Die Natur half ihnen auf diesem Pfad, der Welt zu entrücken, und irgendwo anders halfen John und Katharina einander, dasselbe zu tun. Ein letztes Pulsieren.

7 Qualvolle Stille

Hinten im Olivenhain befand sich das offene Haus zum Yogaüben und Meditieren. Der warme, hölzerne Fußboden war von der Sonne ausgeblichen, und über ihnen befand sich ein nur leicht geneigtes Strohdach, gestützt von ein paar Holzpfählen. Bei Bedarf konnte man helle Laken herunterlassen und so etwas wie ein Zelt daraus machen, aber auch im offenen Zustand fühlte man sich darin geborgen.

Es war erst 7.15 Uhr, Donnerstag. Alle waren aufgestanden, um eine Stunde ganz ruhig auf ihren Meditationskissen zu sitzen. David hatte ein paar Steine in der Mitte des Kreises angeordnet und eine Kerze in einer gehämmerten Schale aufgestellt. Vorher hatte er den Ort mit Rauch von Weißem Salbei gereinigt.

Er schlug mit einem Filzschlägel gegen die große Klangschale aus Messing, und die erzeugten Vibrationen gelangten bis in Katharinas Eingeweide.

Die Gedanken stürmten ihr Hirn, und je länger sie auf dem Kissen saß, desto tauber wurden ihre im Lotossitz verschränkten Beine. Totale Stille konnte so anstrengend sein. Bilder von Violetta, Florian und John nisteten sich fest in ihr ein und begannen, um die besten Plätze zu kämpfen. So sollte es sein. Wie außen, so auch innen. Der Kopf entschied sich für Violetta allein, aber es gab

da noch andere Instanzen mit einem Stimmrecht. Dann flimmerten immer wieder Schriftzeichen wie auf einer bewegten Leuchtreklame über einem Döner-Restaurant vor ihrem inneren Auge. „Eifersucht“ ++++ „Amrita“. „Böse Schwestern“ +++ „Anna und Carolyne“. Wann, bitte, werden diese 60 Minuten quälender Zerrissenheit vergangen sein? Ist es wirklich gesund, zu meditieren? Eigentlich trug dieses Retreat doch die Überschrift „Urlaub“. Und was war mit John? War er wirklich so entspannt, wie er dort drüben zu sitzen schien? Katharina wagte es, zwischendurch in die Übungsrunde zu blinzeln. Am liebsten hätte sie sich jetzt bei John in den Gedankenstrom, sofern er denn einen hatte, eingehackt.
‚Sweat.Move.Breathe‘. Katharina war an diesem Donnerstag schon vor dem Beginn der Sonnengrüße ausgelaugt und energielos, aber die folgenden Übungen sollten sie wiederbeleben. Sie musste sich ein bisschen von der Ablehnung und Aggression, die sie gegenüber Amrita und Carolyne empfand, von der Seele turnen. Wenn sie die Übungen nur schnell genug machte, gelang es ihr. John kam zu ihr herüber und strich ihr bei Sury Namaskara A beruhigend über den Rücken. Zumindest war Beruhigung Johns Intention, aber Katharina überkam ein prickelnder Schauer, und sie spürte die Vorfreude auf den gemeinsamen Abend.
Amrita hatte sie gestern überredet, mit ihr noch einmal den Abschnitt des Lykischen Weges zwischen Patara und Kalkan zu erwandern. Die Tour war doch so spek-

takulär! Sie hatte versucht, Katharina mit ihrer Begeisterung über ihre erste Wanderung gestern anzustecken. Mit Erfolg! Die Strecke war bis 17 Uhr zu schaffen. Sie würde im Meer baden und dann mit John verschwinden. Er liebte das Salz auf ihrer Haut.

8 Sind sie denn noch ein Paar?

Carolyne und Anna hatten den Mittwoch mit einem langen Strandspaziergang ausklingen lassen. Eine Zeit lang gingen sie schweigend nebeneinander, bis sie in der Ferne die Silhouette eines Paares sahen.

„Ah, Katharina und John! Wenn Florian das wüsste!“, bemerkte Amrita schnippisch.

„Sind sie denn überhaupt noch ein Paar?“, versuchte Carolyne sich nach Details zu erkundigen. Amrita wusste immer Bescheid.

„Nein, aber ich kenne doch Florian. Er wäre not amused.“

„John scheint ihr jedenfalls total verfallen zu sein.“

„Woher willst du das denn wissen, Carolyne?“

„Sie passt in sein Beuteschema, ist doch klar. Man muss sich die beiden nur mal zusammen anschauen. Du willst es nicht wahrhaben, Liebes!“

Amrita biss sich auf die Unterlippe und konnte auch aus dem Anblick des türkis-gelben Mandala-Druckes auf ihrem Pareo keinen Trost mehr saugen. Sie war doch yogisch viel weiter als Katharina, hatte eine magazinreife Figur und ein schönes Gesicht. Es war jedoch ein Gesicht ohne Tiefe und ohne Geheimnisse, geschnitzt aus Streben und Anstrengung, das sah sie selbst, wenn sie sich im Spiegel betrachtete.

Amrita wurde schockartig bewusst, dass sie sich in ihrem Leben total verlaufen hatte und der Glücksindustrie aufgesessen war. „Be the best version of yourself", „Chose the happy side of life", „You are the creator of your success", „Good vibes and happy money" ... Die mantrahafte Wiederholung all dieser Botschaften ließ sie immer unglücklicher werden, nichts davon konnte sie spüren, so sehr sie sich auch bemühte. Sie versuchte, alle negativen Gefühle zu verbannen, aber nun holte das Leben zum großen Schlag aus.

Die Orakelkarte hatte es heute früh schon angekündigt. Wattige Wolken, zurückhaltend farbige Himmelskörper waren darauf abgebildet. Das Ganze wirkte hologrammartig, kühl am Computer konstruiert, aber trotzdem mystisch. „Donner" war das passende Stichwort, und das Begleitheft lieferte Amrita die Botschaft des Tages. Sie hatte einen Impuls, direkt aus dem allwissenden Universum.

David Anderson war nach seinem Sportstudium auf einer Indienreise in Mysore auf Ashtanga-Yoga gestoßen, schon lange bevor es durch Madonna und Sting einen Popularitätsschub erfahren hatte. Diese sehr schweißtreibende und fordernde Yogaform wollte er unbedingt perfekt beherrschen und sich dann den Traum eines eigenen Studios erfüllen. Er war leidenschaftlicher Anhänger der yogischen Traditionen und fand seine große Erfüllung darin. Seine Begeisterung übertrug er spielend auf seine Schülerinnen und Schüler. Die Eröffnung des Ashtanga-Studios sprach sich sofort herum, und schnell war es hip, zu Davids Community zu gehören und auch so auszusehen. David begegnete jedem mit einem buddhistisch ausgeglichenen Lächeln, was gleichzeitig erhaben, weise und überwältigend attraktiv wirkte. Konnte ihm irgendetwas üble Laune machen oder niedrig schwingende Gefühle wie Ärger, Wut, Hass? Er schien völlig über den Dingen zu schweben, und das war neben der körperlichen Selbstoptimierung eine begehrte Eigenschaft unter seiner Anhängerschaft. Erhaben und weise gegen alles Böse gefeit zu sein - wer hätte das abgelehnt?

„Mr. Anderson, wie schaffen Sie es, so in sich zu ruhen?“, fragte Inspektor Aydin mit ernsthaftem Interesse und wies ihm dabei den Stuhl auf der anderen Seite seines Schreibtischs zu.
Öner Aydin entsprach von seinem Habitus und seinem ganzen Auftreten her eher einem wettergegerbten Landarbeiter und würde noch einige Bewusstseinswandel durchmachen müssen, bevor er auf einer Yogamatte Platz nehmen geschweige denn den herabschauenden Hund turnen würde.

„Kommen Sie in mein Studio, und Sie werden wissen", versuchte David ihn mit Humor in die richtige Bahn zu lenken.
„Das ist weit weg, irgendwo in Deutschland. Nein, zeigen Sie mir die Räumlichkeiten hier vor Ort, Mr. Anderson!"

„Mmh, das riecht aromatisch, aber Haschisch ist es nicht."
„Smudge sticks. Sage!", erklärte David.
Inspektor Aydin rollte mit den Augen.
„You know what I mean? Wir räuchern die Räume nach dem Benutzen mit Weißem Salbei aus. Das reinigt den Ort und befreit ihn von schwerer Energie."
„Sie kennen sich gut aus in Botanik."
„Ja, ich habe ein paar Semester Biology studiert, bevor ich nach Deutschland kam to study Sports."
„Und Sie interessieren sich jetzt noch für Pflanzen?"
„Yes, they are my second passion."

9 Mandy blieb

Mandy blieb. Annas jüngere Schwester lernte Einzelhandelskauffrau im Elektrofachhandel und entschied sich für das überschaubare Leben, das ihr an jedem Monatsende einen überschaubaren Betrag einbrachte. Arno lernte im selben Betrieb Elektriker, und weil es so

praktisch war, blieben sie auch nach ihrer Ausbildung zusammen.
In ihrer Etagenwohnung im Juri-Gagarin-Ring trafen sie sich oft mit Freunden zum Spieleabend, im Sommer in der Gartenlaube. Sie liebten ihr kleines Paradies, ihr Glück war immer innerhalb des Tellerrandes mit den Gurken-Schnitten. Uwe, Mandys Vater, brachte diese Häuslichkeit mit in die Ehe, und Elfie, Mandys Mutter, steuerte die Abenteuerlust und den Ehrgeiz bei. Anna verkörperte ganz und gar Elfies Sehnsüchte, während Mandy in Uwes Richtung schlug.
Als Elfie und Uwe zusammenkamen, hatte ihre Unterschiedlichkeit eine lebendige Beziehung versprochen, aber später, nach Mandys Geburt, lud sich das Feld zunehmend elektrisch auf. Mit 14 begegnete Anna Peter, der sie in die Gothic-Welt entführte. Es war gut, irgendwo hinzugehören. Seitdem gehörte sie ohne große Unterbrechungen immer irgendjemandem, bis sie in Hamburg zum zweiten Mal ein Kind abgetrieben hatte.
Dr. Dannermann, ihre Therapeutin, und ein bisschen Fluoxetin konnten sie soweit stabilisieren, dass sie sich nicht mehr an Peter, Michael, Martin und Andreas, sondern an ihrem Studium und später an ihrem Job festhielt. Daran sollte sich bis zu diesem Retreat nichts ändern. Warum nur war ausgerechnet jetzt Katharina dazwischengeraten? Sollte Carolyne sich den Weg zu John erkämpfen? Würde er ihre Vorzüge erkennen? Es fühlte sich gerade sehr schwergängig für sie an. Warum sollte

sie nicht einer ungewöhnlichen Idee folgen und Katharina als Verbündete und nicht als Konkurrentin sehen?

Inspektor Aydin goss seine Tomaten und Melonen unter dem Foliendach. Für seine Fürsorge und leises aufmunterndes Zureden belohnten die Pflanzen seine fünfköpfige Familie mit reichem Ertrag. Man aß Melone, Tomate, Oliven und Minze zum Frühstück, garniert mit Feta vom Nachbarhof. Zum Mittag und am Abend servierte man das alles zusammen mit Zwiebelringen als Beilagensalat. Vielleicht roch man es am nächsten Morgen noch?

In der Dienststelle hat ihn bisher niemand darauf angesprochen. Es gab wichtigere Dinge: Das Labor hatte einen zusätzlichen Peak im Chromatogramm der Zitronenbrause gefunden, von der Katharina offensichtlich kurz vor ihrem Tod noch etwas getrunken haben musste. In der Uludağ-Referenzprobe war diese Substanz nicht nachweisbar. Was war das für ein Zeug in Frau Lauritz' Flasche? Wer hatte es dort hineingetan und warum überhaupt? Warum sollte man dieser netten jungen Frau etwas antun? Spiritualität, Yoga und all das war ein Buch mit sieben Siegeln für Öner Aydin.

Irgendwann kurz nach Gründung seines Studios in Hamburg war David mit starken Muskelschmerzen aufgewacht. Er hielt sich bisher für kerngesund, denn er ging sehr bewusst mit sich um. Mit der yogischen Lebensweise, so dachte er, sei er geschützt vor jeglicher Form von Krankheit. Deshalb war er besonders bestürzt, als sich die Schmerzen verstärkten und er sich auch mit darauf abgestimmten Übungen nicht dauerhaft davon befreien konnte. Selbstzweifel folgten und verschlimmerten das Krankheitsbild drastisch. So konnte es nicht weitergehen. Er konsultierte einen befreundeten Arzt, der sich mit alternativen Heilmethoden einen Namen gemacht hatte. Die verordneten Globuli wirkten jedoch nicht jedes Mal, und er hatte keine Idee, warum es so war. David wollte seine ganze Kraft in sein Yogastudio investieren und konnte es sich gerade jetzt, in der Aufbauphase seines Business, nicht leisten, als Identifikationsfigur für das, was sein Angebot sein sollte, auszufallen. Er spürte, wie sehr ihn das alles belastete. Wie sollte er seinen Schülerinnen und Schülern ein guter Lehrer in Sachen Leichtigkeit und Entspannung sein? Er versagte hier doch gerade selbst, bemerkte, dass er überhaupt nicht im Fluss war und dass die Staumauern höher und höher wurden. Es war an einem Dienstagmorgen, als er wie erstarrt im Bett lag. Doch völlig tatenlos zu bleiben, das gelang ihm nicht. Selbstheilung durch Meditation? Dauerte zu lange. Er begann zu recherchieren und fand schließlich einen Arzt, der ihm eine pflanzliche Tinktur gab. Seitdem waren diese Notfalltropfen von Dr. Cheung seine ständige Begleitung. Allein das Gefühl, dass sie ihm im Fall der Fälle zuverlässig helfen konnten, brachte Erleichterung. Drei Tropfen auf ein Glas Wasser. Wirklich nur drei!

10 Leichte Kleidung

Ein pflegeleichtes „Designerlaminat" hätte David sofort im Wertstoffhof dem Recycling übergeben. Für die Yogapraxis brauchte er warmes, duftendes Holz unter seinen wohlgeformten Füßen, und er hatte Glück. Die Betreiber des Ballettstudios, die Vermieter der hellen Handwerkerhalle, hatten Zirbenholzdielen eingebaut und dünne weiße Leinenvorhänge vor den metallenen Sprossenfenstern angebracht. Er stellte nur noch Kerzen und kleine Buddha-Figuren in die Fenster, und bis auf die wöchentlich zu erneuernde Blumendekoration war alles bereit für ‚Sweat.Move.Breathe'.
Es gab viele Frauen unter den Yogaübenden, von denen eine besondere Aura ausging. David war empfänglich dafür, und er war sich auch seiner eigenen Ausstrahlung bewusst. Seit seiner letzten Trennung vor fünf Jahren lebte er aber Brahmacharya, um sich nicht ständig wieder in entkräftende Strudel hineinziehen zu lassen. Seine innere Stärke wirkte manchmal wie eine undurchdringbare Rüstung. Es gab eine stille Vereinbarung unter seinen Schülerinnen: An David brauchst du dir nicht die Zähne auszubeißen! Dieses Geheimnisvolle ließ die Spannung zwischen ihm und den Übenden jedoch noch prickelnder werden.

Als bekannt wurde, dass David unter diesen schubartig auftretenden Schmerzen litt, gab es Therapieversuche von sich berufen fühlenden armen Seelen, die sich selbst dadurch erhöhen wollten. Dass er manchmal nur mithilfe der Tropfen arbeiten konnte, machte schnell die Runde.

David hatte sich jedoch vorher schon selbst gerettet. Die Hilfsangebote liefen also ins Leere. Wie konnte es sein, dass ein solcher Mann mit so wenig auskam?

David lebte in Gefühlen und Möglichkeiten, und wenn er sich davon entmündigt vorkam, begann er zu meditieren. Das Leben in dieser Form der vielgestaltigen, aber nicht zu engen Begegnungen und Beziehungen verschaffte ihm innere Gelassenheit. Trotzdem musste da noch etwas sein, was ihm gelegentlich den Boden unter den Füßen wegziehen konnte, warum sonst sollte er seine Tropfen benötigen? Bisher blieb dieser Schatten unbeleuchtet und trieb sein Unwesen im Verborgenen. Fast war es wie eine Pflanze mit ihrem unterirdischen Wurzelgeflecht. Überall dort, wo sie passende Bedingungen fand, brach sie hervor und trieb aus. Dieser Pflanze musste mit einer anderen Pflanze beizukommen sein. Dass er damit nur die oberirdischen Teile zurückdrängen konnte, wurde ihm erst sehr viel später bewusst.

Die Schmerztinktur begleitete ihn bis nach Patara, denn er musste gerade während des Retreats fit sein. Wenn er gewusst hätte, dass ihm das trocken-heiße Mittelmeerklima so guttun würde, hätte er die Tropfen lieber zu Hause gelassen. Das Mittel war nicht leicht zu beschaffen. Dr. Cheung orderte es jedes Mal in China, und David musste es selbst bezahlen.

„Mr. Anderson, ich möchte wissen, warum die Damen so begeisterte Anhängerinnen Ihres Unterrichts sind. Lassen Sie mich doch einmal teilnehmen", bat Inspektor Aydin. „Sie setzen Ihren Unterricht doch trotz des Unglücks fort, oder?"

„Ja, es war der Wunsch der Gruppe. Wir widmen diese Stunde Katharina Lauritz. Wenn Sie wirklich dabei sein wollen, müssen Sie leichte Kleidung tragen, Inspektor. Please join us at 6.30, drüben im Zelt."

David wusste, dass nicht wirklich ein sportliches Interesse dahintersteckte, aber er und die Übenden mussten das jetzt wohl über sich ergehen lassen.

Obwohl sich Inspektor Aydin mit seiner Matte in der letzten Reihe platziert hatte, entgingen ihm die Vorturnerqualitäten von Anna aka Amrita nicht. Carolyne war ähnlich ambitioniert, aber gab sich weniger divenhaft.

John übernahm einen Teil der Stunde und assistierte David beim „Adjusten". Viele Damen brauchten Adjustments, obwohl die meisten von ihnen in Hamburg die „Advanced Class" besuchten. Es musste an John liegen, schlussfolgerte Inspektor Aydin, während er erschöpft in der Kindposition verharrte, der Schweiß ihm

den Rücken herunterrann und er über die fehlende Geschmeidigkeit seines Körpers nachdachte.
„Keep your eyes on your mat, please", sprach David die Klasse an. „Breathe!"
Bei der Abschlussmeditation stieg Öner Aydin wieder ein.
„Sie haben angefangen, und das ist great, Mr. Aydin!", lobte ihn David nach der Stunde.
Inspektor Aydin sah sich noch ein bisschen im Raum um, als David und John die Aufräumarbeiten erledigten. Seine Familie wartete mit dem Abendessen. Er sollte sich jetzt schnell umziehen.

11 Melonen, neue Sorte

„Öner, guten Morgen! Was ist denn mit dir passiert? Deine Stirnfalten sind weg, und du siehst so zufrieden aus!"
„Du glaubst es nicht, Ceyda. Ich war gestern beim Yoga. Ashtanga-Yoga. Das ist der anstrengendste Sport, den ich kenne!", berichtete Inspektor Aydin seiner Assistentin.
„Nicht schlecht! Was hat dich denn dorthin verschlagen? Danke übrigens für deine leckeren Gurken. Ich bringe dir morgen Melonen mit. Eine neue Sorte!"
„Hast du nichts von dem Unglück auf dem Wanderweg gehört, Ceyda?"

„Nein, wenn es ein Unfall war, interessiert es uns doch nicht.“

„Es ist noch unklar, wie es genau passiert ist. Unten in Patara haben sich ein paar merkwürdige Menschen aus Deutschland zusammengefunden. Sie nennen es ‚Love, Peace & Soul Yoga Retreat‘.

„Ah ja. Sie lieben sich alle und schweben durch das Leben.“

„Ceyda, und ich dachte, du bist mittendrin in dieser Szene.“

„Geschichte, Öner. Das war mal. Yoga üben kann man ja trotzdem. Was weißt du denn bisher?“

„Zwei Frauen aus der Gruppe wollten von Patara aus nach Kalkan wandern. Sie sind herumgeirrt und hatten zu wenig zu trinken dabei. Ein Klassiker.“

„Und weiter?“

„Eine der beiden hat per Handy Hilfe geholt. Nachdem jemand ein Getränk vorbeigebracht hatte, ist die andere Person, ihr Name ist Katharina Lauritz, zusammengebrochen und die Klippe hinuntergestürzt. Schädelbasisbruch auf einem Felsen direkt am Meer.“

„Klingt, als wäre das ein Unfall, Öner.“

„Ganz in der Nähe der Unfallstelle ist eine Flasche Uludağ mit Zitrone gefunden worden. Daraus muss Frau Lauritz ihren letzten Schluck getrunken haben, bevor sie das Gleichgewicht verlor. Wir haben ihre Fingerabdrücke an der Flasche nachweisen können.“

„Dann hat sie eben Zitronenlimo getrunken. Das ist doch etwas ganz Übliches“, warf Ceyda ein.

„Man hätte es so laufen lassen können. Ja, es ist nichts verdächtig daran. Ich bekam aber einen Anruf von einem gewissen David Anderson. Er und ein anderer Mann, John McIlvain, sind die Veranstalter des Retreats. Mr. Anderson hatte eine besondere Ahnung, und er muss besondere Spannungen zwischen den Damen bemerkt haben. Er scheint sehr feinfühlig zu sein.“

„Okay, auch wenn nichts dran sein sollte. Den Hinweis müssen wir prüfen.“

„Ceyda, ich weiß schon, was ich an dir habe!“

„Öner; lass das! Ich brauche deinen Honig nicht.“

„Schon gut. Ganz ruhig. Das Labor hat auf jeden Fall etwas Interessantes entdeckt: In der Flasche, aus der Frau Lauritz getrunken hat, war nicht nur Uludağ. Im Chromatogramm der Limonade und im Körper der Toten wurde eine besondere Substanz gefunden. Ob dieser Stoff die eigentliche Todesursache war, wissen wir noch nicht. Die massenspektroskopischen Daten liegen noch nicht vor.“

„Dann warten wir ab. Warum warst du denn nun gestern beim Yoga, Öner?“

„Du kennst mich doch. Ich muss manchmal raus aus meiner normalen Kiste.“

„Du wirst doch bestimmt nicht jede Woche zum Yoga rennen.“

„Ich brauche noch ein bisschen Zeit für meine Entscheidung."
„Also nein!", entgegnete Ceyda mit einem schelmischen Lächeln.
„Du wolltest doch wissen, warum ich überhaupt hingegangen bin. Ich wollte selbst prüfen, ob was dran ist an den Eindrücken von Mr. Anderson."
„Und?"
„Da brutzelte es. Die Teilnehmerinnen zogen teilweise Shows ab! Kaum zu glauben!"
„Wegen David Anderson?"
„Nein, wegen John. So ein Surfertyp. Würde dir sicher auch gefallen."
„Dann lass mich den Fall übernehmen, Öner!"
„Im Ernst, ich glaube tatsächlich, dass du dir die Gruppe auch einmal ansehen solltest. Vielleicht finden wir dieselben Personen merkwürdig."
„Das heißt aber noch lange nicht, dass sie Frau Lauritz auf dem Gewissen haben."
„Nein, aber du weißt ja: Eifersucht lässt bei manchen Menschen einfach die Sicherungen durchbrennen."

„Inspektor Aydin hat uns also five stars gegeben? Und nun möchten Sie auch eine Probestunde, Frau Öznek?", scherzte David.
„Mr. Anderson, ich weiß, dass es nicht gut ist, wieder Unruhe in die Gruppe zu bringen. Es ist ja Ihr Retreat."

„Kein Problem. Ich habe Sie ja schließlich auf diese Spur gebracht. Also legen Sie los. Die Gruppe muss damit klarkommen", lenkte David verständnisvoll ein.
Ceyda trug ihre Yogaleggings mit Graffitimuster und ein schwarzes Top, sodass ihre Tattoos mit geheimnisvollen Pflanzen vollständig sichtbar waren. Ihre langen schwarzen Haare hatte sie auf dem Kopf zusammengeknotet. Jetzt war sie froh, dass sie auf ihrer Matte hinten im Zelt saß und erst einmal ankommen konnte. Wann bekam man schon solch eine hochkarätige Yogastunde geschenkt? Ein bisschen Mühe würde sie haben, die Schwingungen im Raum zu spüren, wenn sie sich ganz auf die Anweisungen von David und John einlassen wollte.
Öner hatte nicht zu viel versprochen. Utthita Trikonasana A - und schon kam John zum Adjusten. Die Augen aus der ersten Reihe drehten sich synchron auf sie und ihn.
Das war es also. Der Blick besonders von einer Person war vernichtend, bohrend, beleidigend. Aber es gab noch eine Zweite unter den Übenden, die offensichtlich mit der Ersten sympathisierte und einen ebenso herablassenden Blick zeigte. Für Ceyda fühlte es sich an, als ob beide Blitze zu ihr schickten.
Nach der Stunde inspizierte auch Ceyda den Übungsraum ein paar Minuten lang. Ihr fielen allerlei Essenzen auf, die David in einem kleinen Korb vorn an seinem Platz stehen hatte.

„Wofür verwenden Sie das alles?“
„Ich habe hier verschiedene Mixtures mit ätherischen Ölen zur Massage.“
„Wann benutzen Sie die?“
„Nur für die Stirn, am Ende der Stunde to relax.“
„Darf ich einen Blick in den Korb werfen?“
Ganz kurz schweiften Ceydas Augen ab, als John an ihr vorbeilief und sich verabschiedete.
„Was ist in dieser Flasche? Es ist kein Etikett drauf.“
„Das ist meine Schmerztinktur. Es ist das einzige Mittel, was mir bei meinen starken Muskelschmerzen hilft. Die kommen oft aus heiterem Himmel. Zum Glück habe ich die Tropfen hier noch nicht gebraucht.“
„O, das tut mir leid, Mr. Anderson!“
„I got used to it. Das Mittel ist wirklich sehr gut.“
„Wissen Sie, was es ist?“
„No, I don't want to know. My doctor in Hamburg gave it to me, Dr. Cheung. Es kommt aus China.“
„Mr. Anderson, könnten Sie ihn fragen? Sie würden uns damit sehr helfen.“
„For sure, mache ich. It's a plant extract. Ich nehme nur pflanzliche medicine.“
„In Ordnung, Sie fragen Ihren Arzt, und ich werde ein paar Tropfen davon für unser Labor mitnehmen! Danke, Mr. Anderson, für diese Yogastunde. Ich werde Sie weiterempfehlen. Ich habe Freunde in Hamburg“, verabschiedete sich Ceyda.

12 Aconitum napellus

Ceyda saß in einer Schonhaltung in ihrem Bürostuhl. Vielleicht hatte sie es übertrieben nach so vielen Wochen ganz ohne Sport?

„Ceyda, was ist los? Hat dir die Stunde mit John nicht gefallen?“, wurde sie von Inspektor Aydin begrüßt. Manchmal hatte sie einfach keine Lust auf seine nicht wirklich ernst gemeinte Anteilnahme. Sie schwieg eine halbe Minute und begann über den Erfolg ihrer Ermittlungen zu sprechen.

„Ich habe eine Probe genommen. Mr. Anderson braucht manchmal ein starkes Schmerzmittel. Die Tinktur stand einfach im Raum herum zwischen Gefäßen mit Massageölen. Ich will herausfinden, was drin ist.“

„Weiß Mr. Anderson nicht, was er da einnimmt?“

„Es ist etwas Pflanzliches, und es wirkt. Damit ist er zufrieden. Bis er seinen chinesischen Arzt nach der Zusammensetzung gefragt hat, haben wir sicher das Analysenergebnis aus unserem Labor.“

„Und was machen die psychologischen Forschungen?“, fragte Inspektor Aydin.

„Was hast du denn herausgefunden? Du warst vor mir da.“

„Die beiden Frauen in der ersten Reihe sollten wir uns näher anschauen. Ich glaube, sie heißen Amrita und Carolyne."

„Beschreib sie mal. Ich denke, es sind die beiden, die ich unerträglich fand."

„Amrita: mittelgroß, dunkle lange Haare, schmale Lippen, strenges Gesicht, schlank. So Mitte 40. Carolyne: auch mittelgroß, rot gefärbte dicke Haare, komischer Haarschnitt, Lippenpiercing, tätowiert. Etwas kräftiger als Amrita. Wahrscheinlich auch Mitte 40."

„Okay, das hat geklappt! Unsere Eindrücke stimmen überein. Amrita soll übrigens auch Anna heißen."

„Stopp mal eben! Ich habe gerade eine Mail vom Untersuchungslabor bekommen." Inspektor Aydin klickt sich durch die Anhänge. Mit den Spektren konnte er nichts anfangen, aber der zusammenfassende Bericht sagte aus, dass die Zitronenlimonade, die Frau Lauritz kurz vor dem Verdursten getrunken hat, Aconitin enthielt.

„Da hat sich jemand von Agatha Christie inspirieren lassen."

„Aconitin ist mir bisher noch nicht begegnet", bemerkte Ceyda.

„Hat deine Mutter dich nicht davor gewarnt? Meine Kinder wissen, dass sie den Blauen Eisenhut nicht anfassen sollen. Er enthält Aconitin, eines der stärksten Pflanzengifte überhaupt. Fünf Milligramm reichen aus, um einen Menschen umzubringen."

„Pflanzlich ist eben nicht immer harmlos, Öner!"

„Ganz und gar nicht. Die Frage ist nur, wie das Gift in die Limo gekommen ist."

„Wir wissen doch, dass Amrita und Carolyne wahrscheinlich die letzten Kontaktpersonen von Frau Lauritz waren."

„Meinst du, sie haben gewusst, was sie Katharina zu trinken gegeben haben?"

„Keine Ahnung. Carolyne hat die Flasche Uludağ vorbeigebracht, nachdem sie den Anruf von Amrita bekommen hatte. Das Zeug kann also von Amrita, von Carolyne oder von jemand ganz anderem zusammengemixt worden sein", schlussfolgerte Inspektor Aydin.

„Angenommen, es war eine der beiden Frauen - woher hätten sie das Gift haben können?", fragte sich Ceyda.

„Das sind noch zu viele Fragezeichen. Wir müssen auf die Analyse der Tinktur warten. Das Labor hat mir das Ergebnis für Anfang nächster Woche zugesagt. Jetzt müssen wir erst mal an die Damen ran, Ceyda, und zwar schnell. Das Retreat ist übermorgen vorbei."

„Und du lässt mir freundlich den Vortritt, so wie ich dich kenne."

„Von Frau zu Frau. Du weißt schon."

Ceyda verdrehte die Augen, nippte an ihrem Çay-Glas und rollte ein paar Zentimeter auf ihrem Bürostuhl nach hinten.

„Vielleicht läuft mir ja John noch einmal über den Weg", dachte sie im Stillen, als sie den Motor ihres staubigen Renault Clio anließ.

„Ich muss mit Anna Rosinke sprechen, Mr. Anderson. Entschuldigen Sie, dass ich Sie hier noch einmal belästige."

„Frau Öznek, es tut mir leid. Frau Rosinke ist gestern Abend abgereist. Sie hatte nur neun Tage bei uns gebucht."

„O, was für ein Pech! Dann möchte ich mit Frau Magovke sprechen."

„Sie meinen Carolyne? Carolyne Makovki."

„Ja, Frau Makovki."

David winkte Ceyda ins Haupthaus. Ihre Haare flatterten im Wind der schnell rotierenden und gleichmäßig rauschenden Deckenventilatoren. „Warten Sie bitte hier unten!"

Wie war das mit dem Manifestieren? Man musste nur seine Intention auf den Zielzustand lenken? Es funktionierte. John lief durch die Eingangshalle, Flip-Flops, Board Shorts, ausgeleiertes Shirt. Er wirkte gehetzt und hatte sie offenbar übersehen.

Ceyda verbarg ihre Enttäuschung und sagte sich gerade, dass es für ihre Seelenruhe ohnehin besser wäre, ihn nicht wiederzusehen. Vielleicht verfügte er aber über wichtige Infos zum Fall Lauritz?

Mit einem geschulterten Nylonrucksack, der zu seinem Kitesurf-Equipment gehörte, betrat er wieder den Flur und nahm Ceyda jetzt erst wahr.

„O, Frau Öznek. Nice to meet you again. How can I help you?"

„Danke, ich warte auf Frau Makovki, aber danach würde ich mich gerne noch einmal mit Ihnen unterhalten."

„Ich wollte gerade kiten gehen. Top conditions!"

„Okay, ich komme zum Strand. Elf Uhr?"

„See you then!"

Gerade kamen Carolyne und David um die Ecke. Carolyne antwortete kurz angebunden und ganz genau auf ihre Fragen. Sie war hochkonzentriert und ließ sich nicht zum Plaudern verleiten, bot also keine großen Angriffsflächen für Ceyda. Wahrscheinlich führte Carolyne nur aus, was sie von Amrita gesagt bekommen hatte, und wusste wirklich nicht, dass die Limonadenflasche mit Gift präpariert worden war.

Hatte David ein Motiv für die Tat? Oder sogar John? War Amrita so eifersüchtig, wie es in der Yogastunde den Anschein gehabt hatte?

13 Windschutz

Sie saß um elf Uhr unten am Strand von Patara. Der Wind blies ihr den feinen weißen Sand ins Gesicht. Die große Sonnenbrille schützte ihre Augen. Es machte ihr nichts aus, dieses Gefühl, in einem Sandstrahler zu sitzen. Im Gegenteil. Sie genoss das leichte Piksen und Prickeln auf der Haut. In der Ferne sah sie ein älteres Ehepaar mit einem Windschutz kämpfen. Sie schafften es nicht, ihn festzuzurren, bis John ihnen zu Hilfe kam. Er hatte Ceyda von Weitem gesehen und surfte zum Strand zurück.

„Ein toller Mensch“, musste Ceyda sich selbst gegenüber zugeben. Nun sollte sie wieder umschalten auf ihren Dienstmodus.

„Katharina und ich haben sofort gemerkt, dass es zwischen uns eine schicksalhafte Begegnung werden musste. You know what I mean?“

Ceyda schluckte und brachte ein gebrochenes „Ja“ zustande.

„Sie werden ja ganz blass.“

Ceyda versuchte, professionell zu bleiben: „Mir geht es gut, danke, John. Dass Sie eine Affäre mit Katharina hatten, haben die anderen Frauen schnell bemerkt?“

„Ich glaube, Anna hat es gewusst.“

„Amrita?“

„Anna called Amrita. A strange girl.“

„Meinen Sie, dass sie einen Grund gehabt haben könnte, Katharina umzubringen?“

„Sie hat immer in der ersten Reihe geturnt. She was very excited when I was touching her and she was about to die when I was touching Katharina.“

„Eifersucht.“

„Maybe.“

Ceyda hatte eine neue Nachricht auf ihrem Smartphone. Inspektor Aydin: „Laborergebnis zur Tinktur von David ist da."

„Entschuldigen Sie mich." Aufmerksam las sie die neuesten Erkenntnisse. „John, in der Flasche, aus der Katharina ihren letzten Schluck getrunken hat, haben wir Aconitin gefunden - ein starkes Gift. Haben Sie eine Idee, wie es in die Limonade gelangt sein könnte? Das Aconitin ist nun auch in der Tinktur nachgewiesen worden, die David als Schmerzmittel dabei hat."

„I don't know."

„Okay, danke, dann machen wir hier Schluss."

„Schade, you're such a nice girl."

Ceyda musste das erst einmal einordnen, stand abrupt auf und kehrte in ihr Büro zurück.

„Ich höre Sie nicht, Frau Rosinke. Schreiben Sie mir bitte in den Chat, ob Sie mich hören!"

„O, ich habe mein Mikro nicht freigeschaltet", bemerkte Amrita.

Ceyda versuchte, ihr Genervtsein zu verbergen, und fasste alle bisherigen Ermittlungsergebnisse noch einmal für Amrita zusammen.

„Ich wusste nicht, dass diese Flasche Gift enthält, Frau Öznek."

„Wie stehen Sie zu John McIlvain?"

„Er ist ein interessanter Mann, sehr attraktiv. Wir stehen spirituell in Verbindung."

„Sie wussten, dass Ihre Freundin eine Affäre mit ihm hatte?“
„Ich spüre so etwas, ja, und ich habe sie auch zusammen gesehen.“
„Wie ging es Ihnen damit?“
„Wie würde es Ihnen in solch einer Situation gehen?“, versuchte Amrita, von sich abzulenken.
„Ich habe Sie gefragt, Frau Rosinke.“
„Ich meditiere und mache meine Yogaübungen.“
Okay, dann anders: „Sie stehen unter Mordverdacht. Sie haben die aconitinhaltige Tinktur von David Anderson in die Zitronenlimonade gemischt, von Carolyne zu Ihnen bringen lassen und der dehydrierten Katharina zuerst davon zu trinken gegeben. Sie wollten Frau Lauritz beiseiteschaffen, um John ganz für sich zu haben.“
„Beinahe plausibel, aber ich versichere Ihnen, dass ich, auch wenn mich manche Menschen für eine Hexe halten, niemandem etwas zuleide tue. Wenn ich es gewollt hätte, wäre es doch praktischer gewesen, die Uludağ-Flasche mit dem Gift gleich mit auf die Wanderung zu nehmen. Ich lebe Brahmacharya - so wie David es tut. Das gibt mir Halt. Und falls Sie nun Carolyne verdächtigen: Sie hat damit nichts zu tun. Garantiert hat sie auch nicht gewusst, dass die Limonade vergiftet war. Es war ein Unfall, glauben Sie mir. Katharina war durch die Hitze und den Wassermangel wie benommen. Sie ist gestolpert und die Klippe hinuntergestürzt. Auch wenn ich einen Grund gehabt haben könnte, Katharina aus

dem Weg zu schaffen: Warum hätte ich sie dann noch vergiften sollen?“

„Das sind mehr Fragen als Antworten“, bemerkte Ceyda enttäuscht am Ende des Videocalls.

14 Wetterumschwung

Yoga und Meditation, Kitesurfen - nichts war stark genug, um John ohne Medikamente leben zu lassen. Nur David war eingeweiht.

Eine eisige Kälte ließ ihn manchmal für Wochen erstarren. Dann versteckte er sich in seiner Wohnungshöhle, bis die Euphorie wie ein Wirbelsturm über ihn hereinbrach und seine Welt komplett auf den Kopf stellte. Er war ein wahrer „Sunnyboy“ und offen für jedes Abenteuer. Nur so bekamen ihn die Menschen zu sehen.

Welche Frau konnte das alles tragen? Diese extremen Schwankungen, die abgrundtiefe Dunkelheit, dieser Strudel, aus dem er sich selbst nicht zu befreien vermochte.

Massachusetts General Hospital. Mit dicken Wundverbänden an den Handgelenken wachte er gerade auf. Wieder ein missglückter Versuch, seinem Leben ein Ende zu setzen. Dann sollte es so sein. Er hatte noch eine Chance - zu leben.

Carolyne hatte sich die Flasche in ihrer Eile vom Rand des Yogazeltes geschnappt. Woher sollte sie auch gewusst haben, dass sie Johns selbst gemischten Todescocktail enthielt. Nun hatte Katharina es geschafft, daran zu sterben. Carolyne hatte ihr die Limonade mit besten Absichten gebracht. Sie sollte doch Katharinas Rettung sein. Konnte mehr im Leben oder beim Sterben danebengehen?

Niemand, nicht einmal David, wusste, dass John Tage durchlebte, in denen er wie gelähmt war. Wellenreiten, Yoga oder eine attraktive Frau - nichts konnte ihn dazu animieren, aufzustehen. In seiner Seele öffneten sich immer wieder übermächtige Löcher, die ihn in den Abgrund saugten. Medikamente und Sport verschafften ihm angenehmere Perioden, aber darauf konnte er sich nicht verlassen. Völlig unerwartet schleuderte ihn das Leben aus totaler Antriebslosigkeit in rauschhafte Zustände. Wenn „Sunnyboy" John jede Woche eine andere Frau datete, war es wieder so weit. Das blendende Surferimage war durch den Suizidversuch nun für alle sichtbar in tiefes Schwarz getaucht.

SHALALALALA

„Je tiefer man in die lebendige Natur hineinsieht, desto wunderbarer erkennt man sie.“
(Albert Hofmann, Entdecker des LSD)

1 Am Kondenswasser

Das Paradies sah so aus: Durch die Krone der alten Eiche fallende Lichtflecken tanzen auf zwei weißen Ruderbooten, die Bug an Bug am Steg liegen. Das Schilf wirft seine Schatten dazu. Ein zartes Kräuseln stört die Seeoberfläche, ein leichtes Plätschern und Schwappen unterbricht gelegentlich die friedliche Spätsommerstille.

Nur ein schmaler und feuchter, am Ende des kleinen Abhanges getrockneter Pfad führte auf die ungemähte Wiese, auf der Marie und Moritz vor gut einem halben Jahr ihr Tiny House aufgestellt hatten.
Sie waren seit drei Jahren ein Paar und beide schon einmal verheiratet gewesen. Die obere Mittelschicht zelebrierte den salonfähig gewordenen Minimalismus, Marie und Moritz waren da keine Ausnahme. Nachhaltigkeit, Reduzierung des CO_2-Fußabdrucks, Naturverbundenheit und Offenheit für neue Lebensformen hatten die Zeit des Anhäufens und der Prestigeflüge über unseren Globus abgelöst. Dienstlich durfte es jedoch

noch immer Business Class sein, dann war man beim Eintreffen am Wirkungsort ausgeruhter und sofort einsatzfähig. So forderte es der Arbeitgeber, der ihnen das Leben als einbeinige Aussteiger ermöglichte. Ihre zweiten Beine galoppierten im erlesenen, aber überzüchteten Leistungsfeld eines internationalen Konzerns mit.

Der Quadratmeterpreis ihres Glücks am See war höher als der ihrer Wohnung in Winterhude, aber auch eine nachhaltige Idylle will bezahlt sein. Die niedrigen Betriebskosten und der hohe Erholungswert glichen diesen Invest schließlich mehr als aus. Urlaubsgefühl von Mai bis Oktober, gesunde, natürliche Stille am See - Marie und Moritz konnten auf den 11,5 Quadratmetern der Abgeschiedenheit gar nicht anders, als sich neu aufeinander einzulassen.

Hier gelang es ihnen sogar besser als im Winter in ihrer Hamburger Luxuswohnung. Marie hatte während der letzten Wochen bei Moritz eine unerklärliche Veränderung wahrgenommen. Seit er im operativen Bereich der Pharmafirma arbeitete, mitten im Geschehen in der Tablettenproduktion, wirkte er trotz der höheren Arbeitsbelastung und der gestiegenen Verantwortung extrem ausgeglichen und energiegeladen. So gelöst hat Marie ihren Mann monatelang nicht mehr erlebt. An den Cannabispflanzen, die offiziell zur Dekoration auf ihrer Holzterrasse standen, konnte es kaum liegen. Sie hatten ein paar Blätter davon trocknen lassen und im Laufe des Sommers geraucht.

Moritz war sensibler geworden und nahm Geräusche, Gerüche, Bilder und Berührungen intensiver wahr. Marie fand das wunderbar, lange haben sie sich zu zweit nicht so wohl, so zueinander und ineinander passend gefühlt wie gerade jetzt.
Manchmal sprangen verrückte Gedanken hoch. Wie wäre es, alles hinter sich zu lassen - ihre gut bezahlten Jobs und die Rettungsinsel in der Stadt?
Sie beide spürten Unsicherheit dabei. Wovon sollten sie leben? Das Rentenalter war noch nicht in Sicht. Nur dort draußen und ohne die Geschäftigkeit und Bestätigung durch das Business? Der kalte Winter im Tiny House ohne Dusche und Waschmaschine, ohne Theater und Kino um die Ecke. Der See im Novembernebel statt einer spontanen Ginverkostung mit Benno. Feuchter Gummistiefeldreck und beschlagene Fensterscheiben. Diese Vorstellung war ungefähr so reizvoll und gemütlich wie das Interieur der Hamburger S-Bahn. Halb und halb war eine deutlich attraktivere Variante.
Ohnehin schien Moritz fast süchtig nach seiner neuen Managertätigkeit zu sein. Sein Ehrgeiz und seine Euphorie versetzten ihn selbst in Erstaunen, die hochproduktive Stimmung hatte sogar sein ganzes Team erfasst. Alle, die direkt am neuen Produkt arbeiteten, fühlten sich seltsam entspannt, gleichzeitig extrem konzentriert und unermüdlich. Daran war doch nichts auszusetzen?

2 Alles gut! Immer!

Da lagen sie vor ihm mit ihren starren Augen. Immer wieder war er fasziniert von der Lichtreflexion durch die silberne Oberfläche. Ihre Schönheit kam erst jetzt, leblos im feuchten Gras, so richtig zur Geltung. Was für eine feine Schuppenstruktur! Dieser Anblick ließ seine Gedanken vom eigentlichen Ziel abschweifen, doch schnell besann er sich wieder, als er Maries Schritte hinter sich hörte, und so begann er, die frisch gefangenen Saiblinge auszunehmen. Das Leben hier, mit den Händen in den blutigen Organen, war so schockierend archaisch, dass er sich kaum davon lösen konnte, und doch würde er schon morgen früh wieder diszipliniert und konzentriert in seiner Schaltzentrale an der Produktionslinie sitzen. Wie schwierig es manchmal war, zu verstehen, dass beides Teile eines, nämlich seines Lebens waren. Gelegentlich ergriff ihn die Vorstellung, dass es sich in zwei Filmstreifen aufteilte, zwischen denen er nach Belieben hin und her wechselte. Doch wo gehörte er wirklich hin? Er konnte es nicht sagen, und dieses Unvermögen quälte ihn sehr.

„Chardonnay oder Riesling, Moritz?“

Er blickte zu Marie auf. Ihm war klar, dass diese Frage nur ein Vorwand war, Marie wollte sich eine kleine Pause mit ihm gönnen. Der Sack Holzkohle stand dort hin-

ten schon bereit, aus einem großen verbeulten Zinktopf, ein paar Feldsteinen und einem irgendwo aufgetauchten Rost hatten sie einen Grill improvisiert.
Anna, Lisa, Philipp und Christopher waren ihre noch voll domestizierten Freunde, die sie heute Abend zum Fischessen hier draußen am See erwarteten. „Saibling direkt“ statt von der Edelfischkarte mit Michelin-Stern. Sie alle waren schon lange schwer übersättigt. Wie sollte etwas Exquisites noch weiter zu steigern sein? Es ging nur, wenn man es wieder zerstörte und ganz anders machte. Moritz wusste das. Er wusste, dass es nicht nur für die Zubereitung von Fisch galt, sondern global. Also weder Chardonnay noch Riesling. „Bier, Marie!“
Die weißen Stumpenkerzen in den Weckgläsern von Maries Mutter markierten die Ecken des Grillplatzes, wild rußend flackerten sie umher. Die alten Gartenstühle mit dem Geflecht aus Plastikschlauch in sonnenbleichem Rot waren hier noch gut brauchbar. Marie hatte sie im Keller ihrer Eltern gefunden, und immer wenn sie darauf saß, spürte sie in ihrer Erinnerung noch einmal den Blutstau in ihren Kniekehlen und beim Aufstehen das Rippenmuster auf der Rückseite ihrer Oberschenkel. Der Moment, in dem sich die Plastikschnüre von der Haut gelöst hatten, tat immer etwas weh. Und dennoch, in all dieser hässlichen Künstlichkeit lag so viel Wehmut. Ein bisschen Schmerz war in dieser Idylle erdend, damals schon und auch heute noch. So viel einfaches Glück mit Lagerfeuergeruch, Stimmengewirr,

Grillfisch und Beschwingtheit aus der Bierflasche wäre ansonsten unerträglich gewesen. Der See lag völlig glatt vor ihnen, Grillen zirpten sich durch die hohe Luftfeuchtigkeit.

Nach dem Essen verstummten die Gespräche. Anna und Philipp, Lisa und Christopher, Marie und Moritz. Ihre Gesichter wurden durch die Flammen des ruhig brennenden Feuers warm ausgeleuchtet, die eben noch da gewesene Feierstimmung schlug in eine bleierne Schwere um. Sechs weit aufgerissene Augenpaare starrten in die Mitte ihres Kreises und vorsichtig für Zehntelsekunden zum Gegenüber. Das knochentrockene Fichtenholz, das Moritz auf die Glut gelegt hatte, fing Feuer und entließ unter lautem Knacken große Funken in den blauschwarzen Nachthimmel. Langsam kroch feuchte Kälte von hinten durch die Stuhllehnen.

Philipp sprang plötzlich auf und riss Lisa aus ihrem Gartenstuhl. „Lass uns schwimmen gehen!"
„Das ist nicht dein Ernst!", wehrte sie sich, aber Philipp umschloss sie und schleifte sie zum Ufer. Die anderen vier schreckten aus ihrem wohligen Dämmerzustand auf und rannten zum Ort des Geschehens. Lisa versuchte, sich wild strampelnd aus Philipps fester Umklammerung zu befreien.

„Philipp, was machst du denn da?", schrie Christopher und riss seine Freundin an sich. Er hielt sie in seinen Armen und versuchte, sie zu beruhigen.
„Was war das bitte? Lass Lisa in Ruhe! So habe ich dich ja noch nie erlebt, Philipp!"
„Da ist er wieder, der moralische Moritz!", warf ihm Philipp zynisch ins Gesicht. „Aber wisst ihr was? Ich will verdammt noch mal Spaß haben und nicht nur melancholisch ins Feuer starren! Wir leben nicht ewig!"
Anna und Marie grinsten, griffen sich Philipp und schubsten ihn in den See. „Den kannst du haben!"
Philipp ruderte mit den Armen und spritzte wild um sich. „Kommt zu mir ins Wasser, es ist wunderschön!" Und dann, etwas lauter: „Moritz, deinen Blick kannst du dir sparen. Du bist so spaßbefreit. Du machst alles richtig! ‚Alles gut!' Diesen heuchlerischen Satz kann ich echt nicht mehr hören, Junge!"

Der kurze Orkan hatte sich in einen ruhigen Luftzug verwandelt. Philipp hatte von irgendwoher ein hölzernes Ruderboot organisiert und lud Lisa und Marie zu einer späten Tour über den See ein.
„Ladys - eine kleine Abendrunde bitte! Ich zeige euch etwas!"
„Und was ist mit Anna?", fragte Marie.
„Ihr wisst es doch eigentlich. Anna macht ihr eigenes Ding. Schon lange."

Die beiden Frauen hatten gespürt, dass es zwischen Anna und Philipp nicht mehr gut lief. Es war also wirklich so, und es war aufregend. Das Kräftespiel in ihrer Pärchengruppe würde sich dadurch verändern.
Philipp konnte Lisa und Marie mit seiner nun sanft klingenden, tiefen und festen Stimme einwickeln. Zu dritt saßen sie im Boot, Philipp rudernd, der Rest der Gruppe blieb ratlos am Ufer zurück. Der See war still. Der Halbmond, durchbrochen von ein paar Wolken, spiegelte sich in der schwarzgrünen Wasseroberfläche und erzeugte zusammen mit den Geräuschen der rhythmischen Ruderbewegungen eine meditative Atmosphäre. Die kühle Feuchtigkeit ließ Lisa und Marie ganz gefühllos werden, während ihr Kapitän sich warmgerudert hatte.
„Wir erstarren hier, Philipp! Entweder übergibst du uns das Ruder, oder du kehrst um!"
„Hey, Lisa, etwas Geduld! Noch ein paar Minuten, und ihr werdet belohnt!"
„Da hinten!", warf Marie ein. „Wir steuern genau auf ein Seerosenfeld zu. Langsam, Philipp! Sonst rauschen wir mitten rein."
„Hat sich doch gelohnt, oder?"
Philipp ließ das Boot langsam treiben, und sie machten am Ufer fest. Kurz sprangen sie an Land, um ihre Beine und Füße wieder zu fühlen.

„Es wäre schlauer gewesen, am Mittag hierherzukommen. Jetzt haben die Blüten sich vor uns verschlossen. Schade!“
„Ihr seid wirklich nicht leicht zufriedenzustellen. Das hier ist ein riesiger Teppich! So etwas habt ihr garantiert noch nie vorher gesehen. Ich habe aber damit gerechnet, dass ihr mehr wollt. Also los!“
Philipp lehnte hinten im Boot und genoss es ein bisschen, den Frauen Anweisungen zu geben. Der Rückweg führte sie zu einem Ponton. Eine simple Betonplatte. Von Weitem betrachtet unspektakulär.
„Was wollen wir denn hier?“, fragte Lisa.
„Baden. Vorhin hattet ihr ja keine Lust. Aber jetzt vielleicht!“ Philipps Stimme nahm wieder Fahrt auf. Es lag eine Menge Aggression darin. Die Frauen bemerkten es sofort und umklammerten einander. Philipp versuchte, sie aus dem Boot zu schubsen, aber es gelang ihm nicht. Lisa und Marie retteten sich durch einen gewagten Sprung auf den Ponton, doch Philipp befestigte das Boot und folgte ihnen. Er schien sich beruhigt zu haben.
„Ich wollte euch was zeigen. Cool, oder?“ Er warf einen sehnsüchtigen Blick auf die Freiheitsstatue, die ein Sprayer auf den Ponton gesprüht hatte.
Marie und Lisa waren für Millisekunden in New York, bis sie merkten, dass das nur ein Ablenkungsmanöver von Philipp war. Wieder unternahm er einen Versuch, die Frauen ins Wasser zu stürzen.

„Okay, ihr seid keine Freischwimmerinnen. Ihr habt es noch nicht kapiert. Also rein ins Boot. Wir rudern zurück. Immerhin habt ihr sie kurz gesehen."
„Wen denn?"
„Die Freiheit."

3 Nauschki

Von Weitem waren nur die Silhouetten von Anna, Moritz und Christopher auszumachen. Das Feuer war zu einem kleinen rot glühenden Haufen zusammengesunken, die drei Zurückgebliebenen schienen in ihren Plastikstühlen eingefroren zu sein.
„Ich dachte, hier wird eine rauschende Party gefeiert", versuchte Philipp die still miteinander verbundene Runde zu sprengen.
„Philipp, du bist so anstrengend! Ich brauche keinen Animateur."
„Ja, Moritz. Du bist immer zufrieden, ausgeglichen. Ein Harmoniebolzen. Ich würde zu gern wissen, was du rauchst."
Anna hielt einen leicht erschlafften Tennisball in der Hand. „Bevor wir das hier auflösen, noch eine Runde zum Wiederaufwärmen!" Während sie Lisa den Ball zuwarf, sortierten sich die anderen vier zu einem schwankenden Kreis. Der Tennisball flog sternförmig darin herum und nahm irgendwann so viel Geschwindigkeit auf, dass das Wurfmuster kaum noch erkennbar

war. Die Kälte war verflogen. Aus Zuwerfen wurde Abwerfen, zumindest bei Philipp. Er traf Anna mit einem Schmetterball am linken Oberarm.

Philipp war 47. Im Sommer seines Abiturs hatte die Transsibirische Eisenbahn ihn an die russisch-mongolische Grenze in die gottverlassene Siedlung Nauschki gebracht. Nauschki in Burjatien, einer Republik in Russland. Dieser Ort ist weder Stadt noch Dorf. Dazwischen, wie auch die geografische Lage. Eine seelenlose Häuseransammlung, durch die man lieber schnell durchfährt, als dort zu verweilen. Dazwischen - so hatte sich Philipp damals auch gefühlt. In einem Raum zwischen Schule mit geregeltem Alltag und der großen, grünlich-lila schimmernden, manchmal drückenden Blase „Zukunft". Es waren die Erwartungen seiner Familie, die begonnen hatten, in ihn einzusickern und unbemerkt zu seinen eigenen zu werden.
Demgegenüber hatte er mit seinem Drang gestanden, die Welt zu erforschen, alles zu sehen, zu erkunden, Menschen zu treffen, von außen und von innen. Welche Seite hatte mehr Kraft? Hätte sich das Tor zur Freiheit geschlossen, wenn er damals nicht aufgebrochen wäre? Aus der Furcht, etwas zu verpassen, hatte er seine Sachen gepackt und war mit zwei Freunden in den Zug gestiegen. Von Warschau nach Moskau, immer weiter Richtung Osten, der kein Ende nahm. Zwei Drittel der Strecke bis zum Zielbahnhof am Japanischen Meer hat-

ten sie hinter sich, als er das lang gestreckte trostlose Bahnhofsgebäude von Nauschki links von ihm am Horizont wachsen sah.
Die Bahn war mit einem schrillen kurzen Quietschen zum Stehen gekommen. Es war kein Überfall. Nein, es waren nur mongolische Händler, die palavernd Kisten und Säcke durch die Waggons bugsierten. Wodka, Wein, Arzneimittel und Obst zur Einfuhr in die Mongolei, aber zollfrei, wenn man es so geschickt wie sie anstellte. Philipp hatte das bunte Treiben mit seiner Kamera festgehalten. Woher sollte er wissen, was dort gespielt wurde? Mit so viel sensibler Wachsamkeit hatte Philipp bei den rustikalen Menschen nicht gerechnet. Der Fotoapparat war noch nicht wieder in der Hülle verschwunden, als zwei blitzende Messer auf ihn gerichtet waren und ihn in der Panik glauben ließen, dass seine Reise mit der Transsib vorerst beendet sei.
Die Pferde standen wahrscheinlich schon bereit. Ohne jeden Zweifel wollte man ihn in das nächste Yurtendorf entführen, um ihn dort feierlich zugrunde zu richten.
Überrascht von seiner eigenen Intuition hatte er nicht nur seine Kamera für seine Freiheit geopfert, sondern auch sein Reiseziel. Die beiden Männer mit der dicken glatten Gesichtshaut und den dunklen funkelnden Augen hatten verstanden.
Das alles hatte sich unter der eleganten Regie der Messer in wenigen Minuten ereignet, ruhig, unauffällig und ohne Handgreiflichkeiten.

„Okay, ich bin hier. Ich bin nicht erstochen worden und ziemlich in der Mitte des eurasischen Kontinents."
Der Zug war abgefahren und mit ihm Leo und Tobias. Sie würden ihn in jedem Abteil suchen. Was um Gottes willen machte man ganz allein in Nauschki, ohne Handy und ohne überhaupt einen Brocken Mongolisch zu sprechen?
Die Verlassenheitsgefühle, die ihn damals überflutet hatten, kannte er bereits. Er hätte einige Episoden dazu aufzuzählen gehabt, hatte aber keine Lust, sich davon bestimmen zu lassen. Zuflucht fand er in der Bahnhofsbar. Der Tag war kalt und klar, so wie das Kunstlicht dort.

4 Du darfst

In ihm lief ein Replay vom vergangenen Wochenende. Moritz öffnete die Parkplatzschranke mit seinem Chip und parkte dort ein, wo er jeden Tag einparkte. Der Firmenwagen verstummte beim Druck auf den Stoppknopf und damit auch die Stimmen in seinem Kopf. Sein Chip ließ ihn mehrere Gittertore und Sicherheitstüren überwinden, und der Fahrstuhl brachte ihn zum ergonomischen Armlehnstuhl auf graublau melierter, pflegeleichter Auslegeware. Seinen Schreibtisch fuhr er auf Knopfdruck in eine höhere Position, damit er den Arbeitstag am PC im Stehen beginnen konnte.

Eine Welle grenzenloser Freundlichkeit schlug ihm entgegen. Allgemeine Entspanntheit, Lächeln! Er wollte glauben, dass es echt war. Dr. Doggmann, Head of Interdisciplinary Research and Innovation, schüttelte Moritz in höchster Anerkennung die Hand. Das war wie ein warmes, wohliges Bad von innen; er hatte schon längst vergessen, wie sehr solche Gesten sein Selbstwertgefühl auf die Spitze treiben konnten. Von dieser Warte aus sah das Leben gleich ganz anders aus. Keine Zweifel mehr an der Sinnhaftigkeit seines Tuns.

Auf der anderen Seite war da Marie. Moritz wusste, dass sie sich so auf ihn eingelassen hatte, dass er sein Dasein in ihrer Beziehung bestätigt fand. Als Marie begann, regelmäßig Rechenschaftsberichte über seine mehrtägigen Dienstreisen einzufordern, oder wenn sie wie ein verlassenes Kind auf Moritz' Firmenevents herumstand, spürte er ein Drücken in der Magengegend. Das erhebende Gefühl des Gebrauchtwerdens kippte leise schleichend um in etwas Belastendes.

Bewegung hatte er genug. Nach Belieben konnte er hin- und herspringen zwischen Arbeit und Privatleben. Wenn es in einem Bereich anstrengend war, bot ihm der andere Zuflucht. „Ein gutes Modell", dachte Moritz. Was wirklich Sache war? Darüber sprach Moritz nicht. Es lief eben, so wie auch bei seinen Kollegen und Freunden. Moritz machte sich keine Gedanken darüber. Er hatte einfach keine Gelegenheit dazu, auch spürte er die Notwendigkeit nicht, denn es lief ja.

Die geheimnisvolle Hochstimmung in der Abteilung, sogar am gesamten Standort, war unverändert.
Moritz hatte eine innere Uhr installiert, die ihn morgens um sechs mit Freude in den LED-beleuchteten Badezimmerspiegel schauen ließ. Welch ausgeschlafener, fitter, sportlicher Mann in diesem heiligen Schein zu sehen war! Darüber musste er fast selbst staunen. Der Projektverlauf war schon vor dem Frühstück an der Küchentheke fest vorgeplant und ein Scheitern unmöglich, solange alle Beteiligten in dieser unglaublichen Euphorie mitschwangen.
Erstaunlicherweise kam Marie jetzt mit einem eigenen Plan um die Ecke. Seine Motivation musste auf sie übergesprungen sein. Sie konnte tatsächlich selbst Dinge anstoßen. Okay, das musste er ihr zugestehen. Aber würde sie es schaffen, das Feuer am Brennen zu halten?

Mutig konnte Marie sein, wenn sie von etwas überzeugt war. So überzeugt wie von VeganSunBread. VeganSunBread fuhr die harte Verdrängungsstrategie mit Bäckereierzeugnissen, die eine gute Welt und einen „wichtigen Baustein deiner Gesundheit" verkörpern sollten. „Mit jedem Bissen ein gutes Gewissen" - so lautete der Claim. Gern ließ Marie sich davon mitreißen. Es hatte bei Freunden schon hervorragend geklappt mit dieser Franchise-Idee. Man ging quasi kein Risiko ein, denn der Markt für vegane Bäckereiwaren war mehr als vielversprechend. Brot ist zwar meistens von Natur aus vegan, aber das war viel zu entzaubernd. Musste sie nur einsteigen, investieren und den Rahm abschöpfen?

5 In drei Monaten zum Erfolg!

Schon kurz vor Ladenöffnung um 06.30 Uhr stellten sich hungrige Menschen zu einer vorbildlich geordneten Schlange auf. Der unwiderstehliche Duft nach frisch Gebackenem ließ sie in wenigen Minuten auf die doppelte Länge anwachsen und sich um die Ecke gegenüber des Theaters winden. Worin bestand der Mangel inmitten des unermesslichen hanseatischen Überflusses? Selbst Marie fiel es schwer, eine Erklärung für diesen ungebrochenen Ansturm zu finden. Seit Juni, nun schon seit drei Monaten, stand sie an sechs von sieben Tagen jeden Morgen hinter dem Tresen ihrer Bäckerei und stillte den Hunger der gehobenen Winterhuder Klientel mit ihrem VeganSunBread. Vegan, vollwertig, mit der gesammelten Kraft der Sonnenblume und dem Spirit von Marie. Mit weniger wollte man sich nicht mehr zufriedengeben, denn sonst hätte es das Brot des alteingesessenen Konkurrenten 100 Meter geradeaus auch getan.
Raschelnde Brottüten, begleitet vom Brummen der Siebträger-Kaffeemaschine und wichtigen dienstlichen Handycalls. Das war der Sound, mit dem Maries Kunden den Tag beginnen wollten. Eine bessere Besetzung als Marie hätte es für diese Theaterszene nicht geben

können, denn sie kam direkt aus ihr. Das gesunde Brot erlöste sie aus ihrer ungesunden Nebenrolle im Leben von Moritz.

Moritz wusste vieles. Das unterschied ihn von den 396 übrigen Angestellten dieser Niederlassung. Moritz wusste, warum die Büroetagen vor Motivation kochten und die Mitarbeitenden sich nach unbezahlten Überstunden sehnten, Urlaube platzen ließen und Wochenenden durcharbeiteten. Er wusste auch, warum man einander so freundlich begegnete, Meetings jetzt ohne spitze Wortgefechte abliefen, beschlossene Maßnahmen nicht mehr in Excel-Tabellen herumvegetierten, Budgets und Zeitpläne eingehalten wurden. Noch nie in der Firmengeschichte gab es permanent so große reale Erfolge. (Virtuell und temporär war der Erfolg schon vorher dagewesen.) Moritz strich eine Prämie nach der anderen ein, stellte aber fest, dass genau das die Droge war, die ihn antrieb und das Verlangen nach mehr fütterte. Jeder seiner Schritte, die auf dem gut zu reinigenden grauen Linoleum-Fußboden nachhallten, musste nach oben führen. Alles andere war undenkbar, katastrophal. Der Blick zurück und in die Tiefe ließ ihn fast schwindelig werden, aber er wusste sich zu helfen. Moritz löste jedes Problem.

Marie emanzipierte sich, wurde erwachsen und brauchte Moritz nicht länger als Retter und Ritter. Praktische

Unterstützung in der Bäckerei konnte sie von ihrem Mann sowieso nicht erwarten, denn er verbrachte sein Leben dort, wo es nach Erfolg und nicht nach Sauerteig roch. Bei Philipp jedoch schien dies seit einigen Wochen anders zu sein. Was zog ihn zu ihr in die Bäckerei?

Seit seinen frühen Jugendjahren bereits trug Philipp etwas Eruptives und Aggressives in sich. Seiner Familie und seinem engsten Freundeskreis war das schon lange vertraut. Es war einfach so bei ihm. Brannten seine Sicherungen durch, beruhigte er sich meistens von ganz allein, und wenn die Menschen in seinem Umfeld ehrlich waren, mochten sie diese charakterliche Eigentümlichkeit sogar. Es gab dem eigenen unspektakulären Leben eine gewisse Würze, Philipps Ausbrüche zu beobachten, weil sie für sie selbst folgenlos blieben.
Die spontane Kündigung bei seinem langjährigen Arbeitgeber, einem global vertretenen Flugzeugbauer, machte seiner Freundin Anna jedoch zu schaffen. Wie sollten sie ihren Lebensstil aufrechterhalten, wenn sein Spitzengehalt als Ingenieur wegfiel? Für Philipp gab es kein Morgen. Tief in seinem Inneren schlummerte eine unermessliche Sehnsucht nach Freiheit, nach Leben abseits politischer Korrektheit, Jahresplänen, Leistungsprämien und Videokonferenzräumen. Er fühlte sich, als ob jemand plötzlich das Licht in ihm angeknipst hätte, genau zur richtigen Zeit.

VeganSunBread. Zutaten bereitstellen, einfüllen, Rührgeschwindigkeit und -zeit eintippen, Maschine auf „on“, kneten, schneiden, wiegen, formen, warten, backen. Diese knusprige, unwiderstehliche Kruste! Abkühlen lassen, verpacken, ein Lächeln für jeden. Täglich. In welchen Strudel waren sie da geraten? Im kalten Neonlicht drückte Philipp die Taste ihres Spiralkneters. Zeit zum Gehen. „Dem Teig Zeit geben“, so stand es auf ihren schwarz-goldenen Brottüten, deren Inhalt von High Performern auf der Überholspur verzehrt wurde.

„Marie! Rede nicht nur darüber, sondern mach es!“, forderte Philipp sie auf, nachdem die Maschine ihre Arbeit aufgenommen hatte.

„Was willst du eigentlich von mir?“, fragte Marie und sah ihn verständnislos an.

Die weiße Tyvek-Haube kräuselte sich um ihr abgekämpftes, mehlbestäubtes Gesicht. Ein paar feine graue Strähnen hatten sich seitlich und im Nacken aus ihrer Verpackung gelöst. Ihre noch jugendliche Figur wurde durch die schwarze Baumwollschürze und das einfache weiße Shirt darunter nachmodelliert. Es gab nichts zu verstecken an ihr. Marie hatte etwas natürlich Schönes, das weder durch aufwändigen Schmuck noch durch extravagante Kleider gesteigert werden konnte. Das hatte Philipp schon immer an ihr gemocht. Er sah sie mit großen Augen an.

„Ich sehe doch, dass du das alles hier nicht mehr lange durchhältst, Marie.“

„Ah, du denkst, dass ich noch immer die alte Marie bin, das Mädchen? Du musst mich nicht retten, niemand muss mich retten! Ich schaffe das schon!“
„Okay, du blockst ab, Marie. Sag Bescheid, wenn du so weit bist.“ Philipp wandte sich von ihr ab und ging durch die Lieferantentür in die klamme Herbstnacht. Wütend darüber, dass ihr die Tränen in die Augen stiegen, entfernte sich Marie von ihrem Teig. Warum zog es in ihrem Bauch? Weil sie erst nach Mitternacht im Bett liegen würde? Wie sehr sie es hasste, wenn jemand versuchte, sich in ihre Seele einzuklinken!

6 Wirkprofil

„Moritz, ich verstehe nicht, dass du schon wieder 120 Prozent geben kannst. Wenn die Kinder heute schulfrei gehabt hätten, hätte ich wahrscheinlich mal blaugemacht. Nach einer Reihe von Feiertagen fällt es mir immer total schwer, mich zu motivieren und meinen Hintern wieder ins Büro zu befördern. Es ist alles so bleiern.“ So beschrieb Florian, der Allrounder aus der Technik-Abteilung, seine aktuelle Tagesform.
„Das wird schon, mach dir keine Sorgen. Nach ein paar Stunden willst du hier nicht mehr weg“, prophezeite Moritz ihm.
„Ich bin mir nicht sicher. Außerdem ist irgendetwas merkwürdig. Habe Doro unten an der Kaffeemaschine getroffen. Sie war drei Wochen auf Kreta und hat sich

noch nie so müde gefühlt wie im Moment. Eigentlich müsste sie doch im Urlaub ordentlich aufgetankt haben."

„Wer weiß, was sie da die ganze Zeit veranstaltet hat, Florian. Du kennst sie doch!"

„Allerdings. Im Gegensatz zur dir, mein Lieber. Ich unterhalte mich manchmal auch mit ihr, sie ist total nett. Und mir gefällt, wie sie ihre Weiblichkeit betont. Muss ja nicht jeder rumlaufen wie eine graue Maus."

„So siehst du das also. Mich provoziert ihr Auftritt. Dieser V-Ausschnitt!"

„Und wenn. Es würde nichts laufen bei ihr. Sie ist total glücklich mit Sebastian. Ganz sicher, Moritz. Außerdem sind wir jetzt völlig offroad. Es ging doch um diese lähmende, bleierne Müdigkeit nach ein paar Tagen Büroabstinenz."

„Das kommt schon mal vor", entgegnete Moritz lakonisch. „Mach dir nicht so viele Gedanken darüber. Wenn ich alles so auseinandernehmen würde wie du, dann wäre ich nicht da, wo ich jetzt bin."

„Du sagst es. Leute, die ihrer Intuition trauen und danach handeln, für gutes Klima sorgen und wie ich auch noch Frauenversteher sind, haben auf dem Glasdach nichts zu suchen. Deshalb reden wir ja immer aneinander vorbei."

„Was soll denn dieses Gesülze? Jetzt komm doch mal auf den Punkt, Florian!"

„Mann, du bist so was von eingenordet. Seit du zum Gefolge von Dr. Doggmann gehörst, hast du dich krass verändert."

„Bist du neidisch, dass es läuft, seit ich in seiner CIP-Task Force bin?"

„Warum sollte ich so ein armes, freudloses Leben beneiden? Das wäre mir viel zu eindimensional."

„Jetzt fängst du auch noch mit deinem Psychozeug an. Ich muss los. Der V-Call mit den USA läuft eigentlich schon seit zehn Minuten."

„Klar, ich will dich nicht aufhalten."

Florian sah ihn gerade hinter dem Wandvorsprung verschwinden, als Dr. Tamara Winterkorn, die neue Mitarbeiterin in Moritz' Team, um die Ecke bog. Sie war branchenfremd, galt jedoch als Expertin für Projektmanagement und kannte sich gut aus in den einschlägigen Software-Tools. Eine glückliche Fügung waren ihr Perfektionismus und die Befriedigung, die sie beim Füllen von Tabellen mit Projektdaten empfand. Eine gepflegte, schmale Erscheinung, angenehm im Umgang, akkurat, harmlos und nicht allzu aufreizend. Ein hundertprozentiger Match für die erst vor Kurzem ausgeschriebene Stelle.

Florian hatte von den Jobinterviews gar nichts mitbekommen. Mit einem Mal war sie da, Frau Dr. Winterkorn. Florians Ruderfreund Eckhart Peters besaß deutlich mehr Profil. Er brachte 20 Jahre Konzernerfahrung mit, war aber nun einmal ein Mann über 50, und er stand kompromisslos für das ein, was er dachte. Florian wusste, dass Peters damit keine reale Chance auf die Stelle gehabt hätte.

„Hallo, Frau Dr. Winterkorn. Schön, Sie zu sehen. Was ich Sie schon längst mal fragen wollte: Fühlen Sie sich wohl hier bei uns?"

„Absolut, Herr Markwitz. Ich bin überaus motiviert, seit ich hier bin. Die neue Umgebung ist ein wahrer Leistungsbooster. Ich merke, dass ich ganz viel bewegen kann. Sie werden sehen: Alle Projekte werden on time, in budget abgeschlossen werden. Dafür sorge ich, und deshalb hat mich Herr Dr. Doggmann ja auch hergeholt."

„Na, dann kann uns ja nichts mehr passieren", bemerkte Florian.

„Danke, dass Sie gefragt haben", beendete Dr. Winterkorn höflich das Gespräch.

„Wenn Sie Hilfe brauchen, wenden Sie sich gern an mich!", bot Florian ihr noch an, bevor sie mit ihrem Becher grünem Tee wieder aus der Kantine verschwunden war.

Der Heißwasserkocher hinter dem Tresen war der Hot Spot für wichtige Informationen. Hier erfuhr man alles, was in den Meetings verschwiegen worden war. Oft wurden beiläufig Dinge erwähnt, deren Relevanz sich erst später herausstellte. Florian erlaubte sich täglich deshalb mehrere kleine Auszeiten dieser Art. Pausen steigerten schließlich seine Kreativität und Effizienz. Daran sollte sich auch angesichts der eifrigen, ausdauernden und zielgenauen Tätigkeit, die seine Kolleginnen und Kollegen seit einigen Wochen an den Tag legten, nichts ändern. Auch er selbst hatte eine Motivationssteigerung bei sich festgestellt.

Florian war ein genauer, aufmerksamer Beobachter. Vor fünf Monaten hatte sein Chef ihn gebeten, die Klimaanlagen anders einzustellen. Ungefähr zum selben Zeitpunkt gab es den seltsamen Motivationssprung an diesem Konzernstandort. In der letzten Betriebsversammlung wurde das lobend erwähnt. Vom Glasdach herunter wurden zielgebundene Prämien in Aussicht gestellt. Das sollte zu einer doppelten Performancesteigerung führen und diesen Standort in einem besonders glänzenden Licht zeigen. In Florians Erinnerung tauchte ganz kurz das hellgrüne Kettcar auf, das er sich als Zehnjähriger so sehnlich gewünscht hatte. Sein Freund hatte es ihm damals angeboten, unter einer Bedingung: Er sollte ihn ab sofort seine Mathe-Hausaufgaben abschreiben lassen.

Zuerst wehrte Florian den Gedankenblitz ab, der ihm unfassbar und absurd erschien. Sein Hirn schlug jedoch dauerhaft Alarm und schickte Schockwellen durch seinen Körper. Ein immer klareres, erschreckendes Firmenbild überblendete die oberflächlich attraktive Firmendarstellung, die sich bei Florian tief eingebrannt hatte, weil sie als Bildschirmschoner installiert war.

Hatten der Arbeitseifer und die auffällige Weichgespültheit einiger Kollegen etwas mit den veränderten Betriebseinstellungen der Klimaanlage zu tun? Sein Gefühl bestätigte ihm eindringlich, dass es so sein musste.

7 Brot und Liebe

Marie sah es ein. So divenhaft konnte der Brotteig nicht sein, dass er seinen Geschmack nur voll entfaltete, wenn sie die Zutaten persönlich in den Bottich schüttete, den Spiralkneter eigenhändig bediente und die Brote mit den knackigen Sonnenblumenkernen am Ende auch selbst über den Tresen reichte. Der Erfolg von VeganSunBread konnte nicht nur von ihr abhängen. Sie war auf dem besten Weg, sich damit zugrunde zu richten, und ähnelte bereits jetzt ihrer Mutter, die sie und ihre Schwester vor dem Leben beschützen wollte und sich so lange aufopferte, bis ihr Mann die Nase voll hatte und vom einen auf den anderen Tag verschwunden war.
Die Eigentumswohnung mit Dachterrasse war Maries Oase. Oft stand sie an Sommerabenden an der Reling, schaute auf die Alster und einen Nebenkanal, auf dem sie die Kanus gerade noch als kleine bewegliche Punkte erkennen konnte. Zwischendurch richtete sie ihre Augen immer wieder in den Himmel und ließ Bilder von ihrem Tiny House am See in ihrem Inneren aufziehen. Moritz und sie waren sich im Laufe ihrer Beziehung immer einig gewesen, was das Wohnen anging. Sie hat-

te diese tiefe Verbundenheit bis vor ein paar Monaten noch spüren können, auch wenn sie eingehüllt in ihre weiche Kaschmirdecke allein auf dem braunen Ledersofa lag und langsam wegdämmerte, erschöpft von 12 Stunden gesundem Brot.

Als hätte man die Liebe und die Wärme aus ihnen herausgezogen. So war ihr in letzter Zeit oft zumute. Moritz kam nur noch zum Übernachten nach Hause, die Firma war zu seiner Ersatzfamilie geworden. Dort gab es die Worte, die er so sehr brauchte. Bewunderung, Anerkennung, Aufstiegsperspektiven. Marie war für ihn zu selbstverständlich geworden, ihre Liebe nahm er als gegeben hin. Was die letzten Jahre aufrührend, aufregend, anregend und eine Quelle der Lebenslust gewesen war, war für ihn nicht mehr wahrnehmbar. Jemand hatte eine unsichtbare Jalousie zwischen ihnen angebracht und heruntergelassen. Zwischen den Lamellen schimmerte hin und wieder noch etwas Licht hindurch, aber es reichte nicht.

Was war nur passiert? Vor zehn oder zwölf Wochen noch war alles anders, war Moritz ihr so nah gewesen, und obwohl sie gerade ihre Bäckerei eröffnet hatte, gab es immer wieder ein paar Minuten Zeit für kleine zärtliche Überfälle. Moritz schien nun auf all das gut verzichten zu können, aber Marie litt sichtbar unter Moritz' ungewohnter Distanziertheit.

Isabell hatte gerade ihre erste Woche bei VeganSunBread hinter sich. Marie war froh, eine Unterstützung zu haben, und ihr Plan war, sie als ihre Vertretung einzuarbeiten. Eine 72-Stunden-Woche ohne Urlaub war nicht dauerhaft durchzuhalten. Am Sonntagabend um 22 Uhr klingelte Maries Handy. Normalerweise lag sie zu dieser Zeit schon im Bett, denn ihr Tag begann, bevor alles andere begann. Isabell warf das Handtuch. „Marie, ich kann das einfach nicht! Diese hanseatische Hipster-Kundschaft, diese Hektik, dieser Lärm. Das macht mich krank! Es tut mir leid. Ich halte es keinen Tag länger aus. Ich muss zurück nach Dithmarschen, zurück in meinen kleinen Hofladen."

Marie konnte in dieser Nacht nicht schlafen. Alles von vorn: Anzeige schalten, Selbstdarstellungen lesen, sich auf den Inhalt konzentrieren und nicht vom Layout ablenken lassen, Gespräche führen, Papierkram erledigen. Am nächsten Morgen stand wieder sie am Spiralkneter. Viel Liebe konnte sie dem Teig heute nicht geben. Gegen zehn Uhr reichte sie Philipp die knisternde Brottüte über den Tresen, und eine ganz kurze Zeit berührten sich dabei ihre Hände, auf eine neue Art. Sie kannte ihn beinahe genauso lange wie Moritz. Irgendwann war aber klar, dass Anna oder sie diese Männerfreundschaft in Gefahr bringen könnten. Diese Sekunde, kein anderer Kunde im Laden bemerkte heute Vormittag etwas davon, brachte nach so unglaublich langer Zeit die Chemie in ihren Körpern durcheinander. Maries Herz

schlug so stark, dass sie das Pulsieren in den Ohren wahrnehmen konnte. Sie war unfassbar erschöpft und fühlte sich trotzdem so lebendig. Philipp würde ihr tatsächlich helfen können.
Schon am Abend desselben Tages starrten sie zusammen in den Bottich, in den sie das Rührwerk gerade eingesenkt hatten. Die trockenen Zutaten sogen sich mit Wasser voll und verbanden sich intensiv miteinander. Die Konsistenz veränderte sich unter dem monotonen Kneten, und es ergab sich etwas ganz anderes, etwas Wunderbares. So hatten Marie und Philipp es in der dann folgenden Nacht im Tiny House selbst erlebt. Etwas feucht und kalt war es dort noch immer, aber die Sonne besaß jetzt immer mehr Kraft.

8 Mit besten Absichten

Florian ging durch die endlosen, aber zu seiner Freude in allen Regenbogenfarben gestrichenen Tunnel im Hirn von Dr. Tamara. Dr. Tamara, das war die übliche Anrede von Tamara Winterkorn in den internationalen Team-Meetings. „Eigentlich ist es hier drinnen viel wärmer und bunter, als ich es mir vorgestellt hatte", stand in der weißen Sprechblase, die Florian aus sich selbst heraustreten sah. „Aber ich möchte mehr wissen, sehen, fühlen." Zarte silberne Drähte wuchsen überall aus seiner Haut heraus, fein wie frisch gesponnene Fäden einer dicken grauen Seidenraupe. Am anderen Ende der Fäden hing Dr. Tamara, durch die feinen Verbindungen flossen Signale zwischen ihm und ihr blitzschnell hin und her. „Ich will das gar nicht wissen!“ Es war ihm zu eng und zu intim. Mit schwankenden Schritten lief er durch das Treppenhaus, das ein lokaler Malerbetrieb vor Jahren in Wischtechnik terracottafarben verschönert hatte. Plötzlich störte ihn diese kleinkarierte, als besonders kreativ gefeierte Idee gar nicht mehr. Viel wichtiger war es, schnell ins Freie zu gelangen, durchzuatmen. Wirklich? Nein, warum sollte er in einer solchen Situation fliehen? Eigentlich war ihm ganz wohlig zumute, und langsam öffneten sich seine Sinne für die Bilder, die er über das Netzwerk von Dr. T. erhielt. Ob es ihr genauso ging? Der Drang, alle Vorbehalte über Bord zu werfen und friedlich mit ihr zu kooperieren, wuchs, je öfter er solche Erlebnisse hatte.

Mit Moritz fand er sich in einem gemeinsamen Kokon, manchmal in einem großen Kreis um ein abendliches Lagerfeuer am See. Seltsam, wie die Arbeitstage allen so viel Weichheit und Verbundenheit gaben. Die Prestige-Consultants konnten dagegen nichts ausrichten. Es wollte sich kein Konkurrenzdenken mehr festsetzen. Der Design Thinking-Workshop wurde letzte Woche angesichts der hervorragenden und völlig unkonventionellen „kreativen Lösungen“, die man neuerdings in Senior-Management-Kreisen hatte, abgesagt.

Am Ende seines vierwöchigen Urlaubs auf der Coromandel Peninsula, seinem neuseeländischen Paradies, war die Welt so farblos, monoton und kalt. War es Sehnsucht? Nach skurrilen Gedanken- und Gefühlswelten, real und gleichzeitig wie aus 3D-Animationsfilmen? All das gab es täglich im Büro. Was wurde hier gespielt? Fiel allein ihm dieses subtile Brainwashing auf? Vielleicht war das alles nur Einbildung. Nein, dieses Gefühl, dass eine gezielte Beeinflussung stattfand, kam immer wieder. Doch zum Glück gab es eine Person seines Vertrauens, mit der Florian über seine Vermutung sprechen konnte: Lisa Fronecker, „Froni" aus der Buchhaltung.

Froni baute sich gerade ihren T3 aus, um im nächsten Frühjahr, wenn sie in Rente ging, ihren Wohntraum auf vier Rädern wahr werden zu lassen. Diese zart und zerbrechlich wirkende Frau mit den dicken grauen Borstenhaaren und der mondänen weiß gerahmten Brille brachte jedes Vorurteil massiv ins Wanken. Alles, was in ihrem Kopf eine konkrete Gestalt erhalten hatte, materialisierte sich mit erstaunlicher Geschwindigkeit.
Fronis Gabe war der Blick von oben. Sie sah das Gesamte und die Zusammenhänge, und sie las zwischen den Zeilen. Wer mit wem, wie und warum. Auch andere Kollegen waren dazu in der Lage, aber Froni hatte einen sechsten Sinn. Sie packte alle Informationen und Eindrücke in ihren ganz besonderen inneren Prozessor und machte daraus etwas Berührendes, Anregendes und Neues. Das Buchhalten brauchte sie, um ihre überbordende Fantasie zu zähmen. Ihre Worte saßen am richti-

gen Platz, und sie wirkten, weil sie über die Zeit der politischen Spielchen längst hinausgewachsen war. Sie war nicht dazu da, Recht zu haben und Bescheid zu wissen, sondern sie war wie ein Raum, dem man alles anvertrauen konnte. Der Raum gab ein Echo, wenn er leer war. Mehr nicht. Das war Antwort genug.

Draußen in Norderstedt stand der taubenblaue Bus in ihrer Garage, die bis in die oberste linke Ecke angefüllt war mit Werkzeug, Spanplatten, Farben und Reiseandenken.

„Flo, mir war klar, dass du was merken würdest."

„Natürlich, Froni! Aber das ist nur das eine. Das andere ist, dem auch zu glauben. Am Anfang denkst du doch, du bildest es dir nur ein. Es ist ohnehin schon schwierig, wenn alles miteinander verschwimmt: deine Gedanken und das, worüber du nachdenkst. Irgendwann wird das eine Sauce."

„Du bist völlig normal, und ich bin fest davon überzeugt, dass es so ist, wie wir vermuten."

„Dann lass uns den nächsten Schritt gehen, Froni!"

„Den hätte ich ohnehin getan. Habe ja nichts mehr zu verlieren, für mich steht nichts auf dem Spiel. Auch wenn beinahe die gesamte Belegschaft jeden Tag high ist und vor lauter Ekstase nicht mehr den Weg nach Hause findet: Das ist Zwangsbeglückung und Missbrauch!"

„Meinst du, dass sie dir zuhören?"

„Bisher habe ich fast alles bekommen, was ich mir vorgestellt habe. Warum sollte das jetzt nicht klappen, Flo?“
„Weil es ein Kampf gegen Windmühlen ist. Die große Masse von uns will doch gar nicht aufwachen. Und wenn: Sie würden niemals so couragiert sein und etwas sagen. Das kann ich sogar nachvollziehen. Warum sollte ich mich in die Gefahr begeben, meinen Job zu verlieren, um am Ende ohne Dope an der trockenen Einöde des Hamsterrennens teilzunehmen? Kein normaler Mensch würde das tun, Froni!“
„Ja, ohne Dope ist das ein hartes Brot. Jeder hat es sich aber selbst ausgesucht, das Brot. Wenn wir das Senior Management ein bisschen aus der Reserve locken, heißt das ja nicht zwangsläufig, dass es kein Dope mehr geben wird. Es heißt nur, dass jeder wählen kann, ob er es möchte oder eben nicht.“
„Brillant, Froni. Also gut. Lass uns einen groben Plan entwerfen!“
„Wir brauchen Zahlen. Sonst werden wir nicht ernst genommen. Du kennst das ja!“, warf Lisa Fronecker ein.
„Klar. Aber wir wissen ja noch nicht mal, wonach wir eigentlich suchen“, gab Florian zu bedenken. „Allein brauchen wir gar nicht anzufangen. Wir brauchen jemanden, der Ahnung von Chemie hat.“
„Unsere eigenen Leute lassen wir lieber raus. Dr. Demmler vertraue ich nicht.“

„Ich auch nicht. Wir brauchen eine unabhängige Stelle. Es gibt ein paar Labore hier in Hamburg, ich googele gleich mal ein bisschen. Billig wird es bestimmt nicht, wenn wir uns beraten lassen und Proben einschicken."

„Das Geld wird schon von irgendwoher fließen."

„Woher nimmst du bloß deine unerschütterliche Zuversicht, Froni?"

„Ein paar Geheimnisse sollten Geheimnisse bleiben, Flo!"

9 Faktencheck

Ende Oktober tauchten die ersten heißen Videos in den bekannten Social-Media-Kanälen auf. Farbwahl, Schrifttype und Schlagkraft des Intros hatten eine nicht zu verleugnende Ähnlichkeit mit dem Layout des auflagenstärksten deutschen Boulevardblattes.

„Wo ist das Leck?", fragte sich Moritz. Er hatte nie etwas durchsickern lassen, auch nicht gegenüber Marie, Anna und Philipp. Der CEO am Standort wusste natürlich Bescheid, aber darüber hinaus nur die direkt involvierten Mitarbeiter aus der Abteilung Technical Operations & Facility Management. Alle anderen waren doch blinde dumpfe Hühner, die sich auch noch freuten, dass sie jeden Tag gut drauf waren und so lieb zueinander sein konnten. Der Krieg war vorbei, alles wurde hochmotiviert in Rekordzeit erledigt. Noch nie war der Standort so produktiv wie in den letzten Monaten gewesen, und dafür hatte Moritz bis gestern immer wieder verbale Streicheleinheiten von oben erhalten. Selbst wenn jemand Verdacht geschöpft haben sollte: Niemand aus dem Konzern selbst würde es wagen, es ans Licht zu bringen. Das waren auch die Gedankengänge vom CEO, aber damit konnten die Informanten nicht auf „mute" gestellt werden. Die Videos waren draußen, und die Klickzahlen stiegen mit jeder Minute. Umgehend zitierte die Geschäftsführung Moritz zum Vieraugengespräch.

„Wieder mal wird meine Expertise gebraucht. Das tut gut", sprach Moritz sich selbst Mut zu, nicht ahnend, dass er heute Abend eine halbe Flasche Gin leeren würde, um den Erdrutsch seines Lebens zu verdauen. Sonst hatte Marie ihm Halt gegeben, aber in letzter Zeit war er aus sich heraus stark gewesen. Ganz selten nur hatte er während der Arbeit an sie gedacht. Erst jetzt war ihm bewusst geworden, dass sie sich zu Hause nur noch die Klinke in die Hand gegeben hatten. Wo war sie überhaupt? Warum strahlte sie immer so unverschämt, trotz ihrer harten Arbeitstage in der Bäckerei? Es war, wie aus einer Raumkapsel auszusteigen. Zum ersten Mal in seinem Leben stand er nackt da. Hilflos wie ein Kind, aber nicht so unbeschwert. Nur für kurze Zeit würde er noch Zugriff haben auf die weiße Substanz aus den Pilzen, und so nahm er noch 50 Milligramm für einen ausgedehnten Trip auf einem schwebenden Teppich mit orientalischen Mustern in allen Farben, die ein Gewürzregal bieten konnte. Er roch nach Muskatnuss, Zimt, Nelke, Kreuzkümmel und Anis, und bei jedem Schritt, den er auf den Teppich setzte, wurde dieses betörende Gemisch intensiver.

Die Videos waren gerade einmal 24 Stunden im Netz. Moritz sorgte dafür, dass die Berichte über die angebliche „Mitarbeitermanipulation in nie da gewesenem Umfang" richtiggestellt wurden. Die Firmenleitung hatte ihn mehrfach sechsstellig zum Schweigen gebracht und ihm vielversprechende Perspektiven außerhalb des Konzerns aufgezeigt.

Sein Trip war zu Ende. Keine warme Morgendusche mit Lobesworten von Dr. Doggmann und anderen Vertretern des Senior Managements. Keine Marie mehr, die sich von ihm versorgen ließ. VeganSunBread und Philipp waren an seine Stelle getreten, während er sich abgerackert hatte für ihr gemeinsames Glück. Dies hier war also das Leben. Er spielte keine Rolle mehr. Für Menschen wie Moritz würde es wohl Jahre dauern, zu verstehen, wie und warum es alles genau so gekommen ist.

„Die Videos haben doch eigentlich gar keinen Inhalt gehabt", stellte Florian fest. Es waren spektakuläre Behauptungen, untermalt mit ein paar Takten dramatischer Musik und verziert mit großen Buchstaben. Das reichte heutzutage, um viral zu gehen. „Inhalt wird überbewertet. Der Unterhaltungswert zählt!"

„Du wieder, Florian! Sei doch nicht so anspruchsvoll!“, warf Frau Fronecker ihm vor. Sie atmete laut aus und versuchte vergeblich, eine ihrer grauen Strähnen hinters Ohr zu klemmen, bevor ihr Gesicht ernster wurde. „Ich frage mich, wer die Videos ins Netz gestellt hat. Wer hat ein so großes Interesse daran, den Hamburger Standort kaputtzumachen? Hilf mir mal kurz und halte das Brettchen auf der anderen Seite fest. Ich kann es hier sonst nicht gerade festschrauben.“

„Interessante Fragen, aber müssen wir das wissen, um weiterzumachen?“

„Flo, du bist mir so ein Stratege! I love it.“

So spielten Florian und Froni noch ein paar Bälle hin und her, um sich gegenseitig aufzubauen. Technik traf Buchhaltung, aber in Fronis Garage von hinten. Der T3-Ausbau war fast abgeschlossen, und bevor Frau Fronecker in Rente und damit auf Tour gehen würde, mussten die Ermittlungen in Sachen Firmendoping abgeschlossen sein. Darauf hatten sich beide committet.

„Der Medienskandal macht es uns nicht gerade leichter. Moritz ist raus, weil er etwas weiß. Armes Bauernopfer! Auf ihn brauchen wir also nicht zu bauen“, meinte Froni.

„Ich plädiere für weitere wissenschaftlich-gründliche Arbeit. Übermorgen schickt mir Herr Spreckelsen vom UAI die Ergebnisse zu meiner ersten Probenahme vom Freitag“, entgegnete Flo.

„Marie, du. Ich brauche dich jetzt. Komm her.“
„Was ist denn los, Moritz?“
Moritz umarmte Marie, so wie er es sehr lange nicht getan hatte. Marie wand sich aus der Umklammerung, sodass ihre Haare wild in alle Richtungen abstanden.
„Moritz! Ich habe dich in letzter Zeit auch gebraucht, aber du warst nicht da. Auch wenn du da warst, warst du nicht da! Das habe ich einfach nicht mehr ausgehalten. Diese Kälte, diese Distanz! Du hast mich nicht mehr gesehen, nicht mehr gehört, nicht mehr berührt, als wenn du in einer völlig anderen Welt gelebt hättest. Es war unmöglich, an dich heranzukommen.“
„Es tut mir leid, Marie, das ist jetzt vorbei. Ich brauche dich. Wirklich!“
„Du denkst, du kannst mich nach Lust und Belieben aus dem Regal holen und wieder wegstellen, Moritz! Das ist mit mir nicht mehr drin!“
„Halt mich fest, Marie, bitte!“
Marie legte ihre langen schlanken Arme um Moritz, aber löste sie sofort wieder. Wärme und Verständnis hätte sie ihm geben können, aber sein plötzlich aufkeimendes Begehren war für sie abstoßend, unerträglich. Die Tränen schossen ihr in die Augen, und sie setzte sich auf das braune Ledersofa.
„Marie, ich habe keinen Job mehr! ICH HABE KEINEN JOB MEHR!“

„Man hat euch hier erstklassiges Zeug gegönnt", erklärte Michael Spreckelsen vom UAI.
Lisa Fronecker standen die Fragezeichen in den Augen.
„Hochwirksames, reines Psilocybin."
„Das bleibt jetzt in diesem Raum: Darauf hätten wir eigentlich selbst kommen können. Die Entwicklungsabteilung bastelt schon seit längerer Zeit an einer geeigneten Arzneiform dafür. Der Markt ist riesengroß, weil die Wirkung gegen unsere Volkskrankheit Depression besser sein soll als alles andere, was momentan im Angebot ist."
„Um das hieb- und stichfest zu machen, also unanfechtbar durch das Senior Management, brauchen Sie einen umfangreichen Beprobungsplan."
„Es wird natürlich alles abgestritten werden. Unser CEO wird eigene Untersuchungen starten und Proben nehmen lassen, in denen man angeblich nichts finden wird", gab Florian zu bedenken. „Das haben wir ja gerade erlebt. Es gab Verdachtsvideos im Netz. Die haben nicht einmal 24 Stunden dort überlebt, bevor sie gesperrt und durch Gegendarstellungen neutralisiert worden sind. Merkwürdig ist nur, dass Moritz Hundhausen, der Hofnarr des Senior Managements, kurz darauf gehen durfte. War wohl zu heiß, ihn intern weiter als Zeitbombe zu dulden. Aber nun ist er eine externe Zeitbombe!"

„Glaube ich nicht“, warf Froni ein. „Man hat ihm den Abschied mehr als großzügig versüßt, habe ich gehört. Er wird die Klappe halten. Sonst ist er erledigt, was seine weitere Karriere angeht. Ich halte ihn nicht oder noch nicht für aufgewacht. Er ist mittendrin im System, hinterfragt rein gar nichts. Er ist kein Kandidat für konsequent alternative Lebensentwürfe.“

Froni lag mit ihren Einschätzungen selten daneben.

„Warum machen wir das alles eigentlich hier? Das kostet! 36 Proben habe ich nicht einkalkuliert. Sind wir denn wahnsinnig?“, fragte Florian in einem Anfall des Zweifels.

„Wir machen es für alle. Für alle, die bereit sind, die Wahrheit zu erfahren. Für alle, die den Mut haben, Konsequenzen daraus zu ziehen. Mach dir keine Sorgen um die Finanzen, Florian!“

„Danke, dass du mich noch einmal daran erinnerst. Ohne dich hätte ich längst alles hingeschmissen, Froni!“

„Ich rate Ihnen, die Proben aufzuteilen. Eine Hälfte bekommen wir, die andere Hälfte ein anderes TÜV-zertifiziertes Labor“, warf Herr Spreckelsen ein. „Wenn Sie es angehen wollen, dann richtig, Herr Markwitz! Sonst lassen Sie es lieber ganz. Das Testkonzept muss absolut wasserdicht sein.“

„Meinen Job bin ich los, wenn ich das hier durchziehe. Froni, du hast nichts mehr zu befürchten, aber ich bin erledigt - egal, wie die Analysenergebnisse sind.“

„Das wusstest du doch von Anfang an, Florian. Ich werte dein Gezeter eher als Geburtswehen. Du kannst nicht wissen, was passieren wird. Es ist ein Sprung ins Ungewisse. So viel ist klar. Was wäre denn deine Alternative?"
„Du hast recht. Es gibt kein Zurück mehr für mich, Froni."
„Also gut, dann los! Es wird ein Abenteuer für uns alle."

11 Solo im Tiny House

Moritz ließ seinen Blick auf der glitzernden Wasseroberfläche in die Ferne gleiten, bis seine Augen schmerzten. Bunt gesäumte Flecken bewegten sich wolkenartig durch sein Gesichtsfeld, nachdem er die Lider geschlossen hatte. Die heiße Sonne und der See schafften es, ihn in eine Art Trance zu versetzen. Pilze waren ihm zuwider. Sie hatten sein Leben unterwandert, durchwuchert, und von all dem wollte er jetzt nichts mehr wissen. Zu viel war kaputtgegangen. Waren die Pilze wirklich schuld? Er war bereit dafür, er hat sich nicht gewehrt. Eigentlich war er ein Guter.
Manchmal fragte er sich, ob er die Straße der völligen Dunkelheit verfolgen sollte, die nur bedrohlich war, weil er nicht sehen konnte, wohin sie führte. Gleichzeitig verspürte er Trauer, die ihn davon abhielt. Irgendwie war noch nicht alles gelebt und geliebt.

Marie und auch seine erste Frau waren schon so weit entfernt. Sie erschienen wie Miniaturen zwischen Himmel und Erde. Die alten Fotos zeigten ihm, dass er einmal Teil einer Familie gewesen war. Ganz langsam, schleichend hatte sich alles aufgelöst, obwohl die Menschen noch da waren. Sie trafen sich noch, selten und immer nur kurz. Moritz hatte das Bedürfnis, das festzuhalten, aber die Zeit nahm es ihm immer wieder weg. Diese Gedanken waren nur möglich, weil er die graue Asphaltstraße gewählt hatte. Den Blinker hatten Marie und Philipp für ihn gesetzt. Sonst wäre alles anders gekommen. Marie und Philipp, dieses unverschämt glückliche Paar - warum mussten sie ihm immer wieder zeigen, was er glaubte verpasst zu haben?
Vielleicht war es auch alles ganz anders. Moritz' Leben war ein Strudel aus Veränderungen, und das, was ihn gerade am meisten daran reizte, war der Aufmacher des heutigen Abendblattes.

„Hamburger Pharmahersteller macht Mitarbeiter mit Pilzgift gefügig."

Anscheinend gab es Leute mit Weitblick und haarscharfem Verstand dort, wo er jahrelang blind den Brotkrumen des Geldes und des Aufstiegs gefolgt und am Ende sogar zum Handlanger der großflächigen Manipulationsmasche geworden war. Er hatte es bereits geahnt, aber dass jemand den Mut aufbringen würde, zu forschen, Geld für ein stichfestes Analysenkonzept auf den Tisch zu legen und mit den Ergebnissen nach draußen zu gehen, überraschte ihn doch. Dass er im Verdacht stand, das Leck zu sein, nicht.

Florian Markwitz und Lisa Fronecker wurden unverzüglich freigestellt. Nun waren sie also schon zu dritt. Da waren aber noch drei arme Techniker, denen man deutlich nahegelegt hatte, im Sinne der Firmenphilosophie zu handeln: „Im Mittelpunkt steht der Mensch." Welcher Mensch? Der arbeitende, der dienende, der glückliche, der positive und leichtgängige. Über Monate hinweg haben sie „die Substanz" in die kleinen Reservoirs der Klimaanlagen gefüllt und in die Büroluft blasen lassen. Alles zum Besten der Belegschaft. Sie durften bleiben, denn sie machten keinen dieser Bullshitjobs. Sie gingen, denn sie besaßen doch ein Gewissen.

DER KNÜPFER

„Alles wird schwieriger, je mehr du weißt. Denn je mehr du herausfindest, desto hässlicher sieht alles aus."
(Frank Zappa)

1 Der Duft des Ziegenleders

Yin blieb stehen. Das Leben floss um sie herum. Es passierte ohne Widerstand, denn sie war ein schlanker, fast magerer Mensch. Trotz ihrer außergewöhnlichen Größe und ihrer feinen asiatischen Züge nahm sie kaum jemand wahr, wenn nicht die Scheinwerfer auf sie gerichtet waren. Ihre Haut, ihre Haare, ihr Körper, alles war im Wandel, anpassbar an die Farb- und Musterpalette der Luxuslabels, für die sie modelte.
Ungewohnte Wärme, fremde Klänge und Gerüche trockener Pflanzen, symbolträchtige Muster auf Tüchern, geschmiedete Lampen mit bunten gläsernen Einsätzen und das geschäftige Treiben hier in den Souks waren gestern noch eine verlockende Mischung gewesen.
Während sie sich um sich selbst drehte, saß das Gewicht des ganzen Körpers mit einem Mal in ihren Beinen. Das farbenprächtige Blitzen der Glasstückchen empfand sie wie kleine Stecknadelattacken auf ihre Augäpfel, sodass sie die Lider schließen musste. Yin hatte Mühe, das Gleichgewicht zu halten, alles legte sich als erdrücken-

de, übel riechende Decke über sie, die sie so schnell wie möglich wieder abstreifen wollte.
Die Gassen schienen sich vor ihren Augen bei jedem Schritt, den sie hineinsetzte, zu verengen und sie zum Umkehren zu zwingen. Ausgelassene Touristengruppen wickelten sie ein und wieder aus. Es ging nicht mehr. Der Grat zwischen überbordendem Zauber und einem krank machenden Reizcocktail war zu schmal. Sie musste ihre Suche aufgeben.

Extremes Licht in den frühen Morgenstunden und am Abend, die staubige Kargheit der erodierten ockergrauen Erde mit ihren sanften Erhebungen hatten John und sein Team hierhergelockt. Die leuchtenden Farben, die klaren Schnittlinien und großformatigen Prints des finnischen Modelabels Aino ergaben einen wunderbaren Kontrast zu dieser Wüstenlandschaft.
John Mankiewicz hatte sich in New York ein erfolgreiches Studio aufgebaut. Er erkannte das Wesen der zu präsentierenden Mode und brachte es mit den passenden Models zusammen. Große Modemagazine rissen sich um ihn, denn John machte die Hefte zur Kunst. Ein totgesagtes Medium feierte durch ihn – und durch Yin Ko, Rah Dubin, Danuta Sebeč und viele andere Models, die er zusammen mit Make-up-Künstlern und Hairstylisten wie eigenartige Pop-Art-Skulpturen inszenierte - gerade seine Renaissance.

Dieses Mal war ihre Kulisse also die Agafay-Wüste in Marokko. Danuta mit ihren ausgeprägten Wangenknochen war nicht dabei, aber Yin und Rah. Annie Myers, ebenfalls Modefotografin und außerdem Johns Ehefrau, sorgte für die Balance im Team. Oberflächlich betrachtet war alles clean - keine sexuellen Übergriffe, keine Drogen, keine magersüchtigen Minderjährigen, die sich prostituierten oder Opfer elterlicher Projektionen waren.
Annie trug ihre dicken grauen Haare mittellang. Die leichte Welle und die hineingeschnittenen Stufen hüllten ihr kantiges Gesicht locker ein. Eine Brille mit rechteckiger anthrazitfarbener Fassung setzte sie bewusst ein, um jede Spur von Weichheit oder sogar Lieblichkeit sofort wieder zu verwischen. Ihre formlose, schlammfarbene Leinenkleidung schwang sich um ihre drahtige, aber dennoch zarte Figur. John bildete das gleichfarbige Gegenstück zu dieser Erscheinung. Auch er war mit seinen zweiundsechzig Jahren noch ein attraktiver Mensch: groß, schlank, ein passionierter Läufer. Die Gropius-Brille unterstrich seine intellektuell-künstlerische Attitüde. Insofern passte alles zusammen und ins Klischee.

2 Riad La Fig

Yin entfloh dem Inferno aus brütender Hitze und Sinneseindrücken augenblicklich, sonst wäre sie sicher kollabiert. Ihr Taxi fuhr sie bis zum Riad La Fig in der Medina. John und sein Team hatten die gesamte Unterkunft für sich gemietet. Annie war dortgeblieben, als John, Yin und Rah sich dem Trubel der Souks hingeben wollten.

Verzweifelt klopfte Yin an Annies Zimmertür.

„John und Rah waren plötzlich verschwunden! Die Verbindung war weg. Kein Netz mehr! Annie, was machen wir jetzt bloß? Wir müssen sie erreichen!“

Annie streckte ihren Kopf durch den Türspalt. Sie wirkte verstört, durcheinander. Ihre Haare fielen platt auseinander, der graue Leinenmantel war schräg um den Körper gewickelt und verdeckte nicht wirklich etwas, ein Hauch von Alkohol schlug Yin entgegen.

„Schätzchen, was ist denn los?“

Nicht einmal der noble Mosaikboden unter Yins Füßen konnte ihr in diesem Moment noch Halt geben. Die Welt war nicht so, wie Yin sie bisher gesehen hatte.

Yin fand sich auf der Chaiselongue in Annies Suite wieder. Eine Decke lag aufgerollt unter ihren Waden, ein nasser Waschlappen auf der Stirn. Der Deckenventilator in der Zimmermitte drehte mit maximaler Tourenzahl, ließ aber nur einen leichten Luftzug über ihrem Körper ankommen. Es war zu anstrengend für Yin, den Flügeln mit den Augen zu folgen. Sie musste ihre Lider schließen und sich vom brummenden Geräusch ablenken, damit ihr nicht wieder schwindelig wurde. Noch immer nahm sie den Alkohol wahr, den Annie verströmte. „Ich rieche nichts, ich rieche nichts", versuchte Yin sich einzureden, um weitere Anfälle von Übelkeit zu unterdrücken.

Annie nahm ihre Hand, aber Yin war sich nicht sicher, was das alles für sie bedeuten sollte.

„Mach dir keine Sorgen, Yin! Atme tief ein und aus. Bei mir bist du in Sicherheit."

„Annie, danke. Langsam fühle ich mich besser. Haben sich John und Rah gemeldet?"

„Nein. Ich mache mir erst mal keine Sorgen. Ihr habt euch wahrscheinlich im Gedränge verloren. Die beiden wissen ja, wo wir sind."

„Wie spät ist es denn jetzt?"

„Noch nicht Mitternacht."

„Annie, sie suchen mich wahrscheinlich. Warum haben sie uns denn nicht angerufen? Irgendwo müssen sie doch wieder Empfang gehabt haben. Sie sind jetzt sechseinhalb Stunden ohne mich unterwegs. Was, wenn etwas Schlimmes passiert ist?"

„Ganz ruhig, Yin! John weiß, was er tut. Er ist ein starker, intelligenter Mann und hat sich schon aus so vielen Fallen herausmanövriert. Wenn die beiden bis morgen früh nicht wieder aufgetaucht sind, können wir immer noch die Polizei kontaktieren. Ehrlich gesagt habe ich keine Lust auf eine große Welle, bei der es vielleicht zu Missverständnissen kommt. Arabisch ist ja nicht gerade unsere Stärke."

„Arabisch bestimmt nicht, aber du sprichst doch Französisch!"
„Ich glaube ganz fest daran, dass unsere Sorgen umsonst sind!"
„Deine Coolness hätte ich gern, Annie."
„Ach, Yin. Mit Mitte fünfzig wirst du das Leben auch lockerer sehen. John und ich kennen uns schon so lange. In unserem Business - das weißt du ja - gehen wir offener mit Beziehungen um als brave Vorstadtpaare, Schätzchen!", merkte Annie mit einem Augenzwinkern an.
„Mag sein, aber ich habe kein gutes Gefühl, was John und Rah angeht."
„Sie schlafen miteinander. Na und? Ihr habt es nur noch nicht mitbekommen. Warum sollten wir das an die große Glocke hängen?"
„Nein, das meine ich überhaupt nicht! Ihnen ist etwas zugestoßen."

3 Im Mondbett

Mit jedem Kilometer Entfernung von den Souks von Marrakesch spult sich die Zeit um einige hundert Jahre zurück. Die Berber haben ihre Nomadenkultur hinter sich gelassen und sind heute überwiegend in den kleinen Dörfern des Atlasgebirges sesshaft. Täglich fahren klimatisierte Busse dorthin, gefüllt mit rastlosen Menschentrauben, die sich nach der Abstinenz der Corona-

Jahre nun umso mehr in außergewöhnliche Vergnügungen stürzen wollen. Worin liegt der Unterschied zu einem 3D-Film im Multiplex-Kino? Der Film ist noch nicht gedreht. Aus sicherer Entfernung übernehmen es diese Menschen, deren kreative Aufgabe es ist, das, was am Busfenster vorbeizog, zu Hause mit dem Schnittprogramm in einen vorzeigbaren Urlaubsfilm für einen Heimkino-Abend zu verwandeln.

Von dieser Art zu reisen hielten John und Rah nichts. Eine Nacht in der Wüste oder in einem abgeschiedenen Bergdorf, von Berbern erzählte Geschichten am Feuer mit Teezeremonie versprach ihnen ein Mann, der sich plötzlich aus der Menschenmasse der Souks herauslöste. Sein Name war Gwafa. Tücher in verschiedenen Blauschattierungen waren locker um seinen Kopf und den Hals geschlungen. Seine ledrige, schon leicht zerfurchte Haut hatte einen gelblichen Braunton. Der dichte schwarze Oberlippenbart sorgte dafür, dass John und Rah den Eindruck eines Avatars von ihm bekamen. Gefühlsregungen waren kaum sichtbar, aber seine einladende, warme Stimme erweckte das Vertrauen der beiden Reisenden. John fiel ihm wahrscheinlich auf, weil er eine große Kamera bei sich hatte, und Rahs Schönheit und ihre Körpergröße erregten auch ohne Accessoires Aufsehen.

Geheimnisvolle Fotos von Rah, vom Berberleben, von Frauen, Männern, unbekümmerten Kindern, von durch die Zeit geformten Gesichtern und einfachen Lehmhäusern im Dämmerlicht wollte John mit nach Hause nehmen. Schon allein deswegen konnte er die Einladung von Gwafa nicht ausschlagen. Umsonst würden diese Einblicke nicht sein. Das war für John selbstverständlich.

Der Fahrer im weißen Geländewagen wartete schon auf sie. Er trug eine große verspiegelte Brille und wirkte ansonsten wie eine unheimliche Gwafa-Kopie. Alles schien professionell organisiert zu sein. Offensichtlich waren John und Rah nicht die ersten Touristen, die aus den Souks abgefangen worden waren. Einerseits deswegen etwas desillusioniert, andererseits aber voller Vorfreude stiegen sie in das staubige, unklimatisierte Wüstenfahrzeug. Während der Fahrt machte John ein paar dramatische Schnappschüsse von Rah. Ihre raspelkurze Jean-Seberg-Frisur, die makellose Haut und das seitliche Licht ließen ihr Gesicht zu einem Kunstwerk werden. Alle großen Modemagazine würden sich darum reißen. Und das war nur der Anfang. Wie viel mehr an atmosphärischer Kulisse würde ihnen das Berberdorf bieten?

Der Weg war nicht nachvollziehbar, immer wieder fuhren sie offroad. Nach nur fünfundvierzig Minuten hatten sie ihr Ziel erreicht. Gwafa und der Fahrer brachen die Ignoranz, die sie ihren Passagieren während der Fahrt entgegengebracht hatten. Wie auf Knopfdruck wurden sie zu freundlich-nahbaren Touristenführern, die sie in ihre Großfamilie geleiteten. Nachdem das Finanzielle geregelt war, betraten John und Rah das Lehmhaus, in dem sie eine Nacht verbringen wollten. Rah dachte kurz daran, Yin und Annie zu benachrichtigen, aber sie waren hier abgeschnitten von allem. Ganz bei sich und ganz im Abenteuer. John beruhigte Rah. Solche Ausflüge gab es häufiger in ihrer Ehe, und es war für beide Seiten okay, Geheimnisse zu haben und für ein paar Tage abzutauchen. Ein tiefes Vertrauen darauf, dass man immer wieder zusammenkommen würde, verband die Ehepartner. Insofern versprach dies eine unbekümmerte Zeit zu werden, voller Gelegenheiten.

„Kif", so nannte man es hier im Nabel des Anbaugebietes. Die Gäste sollten sich rundum wohlfühlen, und deshalb wurde es wie selbstverständlich nach der Zeremonie mit frischem Minztee aus hennabemalten Frauenhänden gereicht. Kohle-Lidschatten und Stirntätowierungen mit mystischen geometrischen Formen machten die Berberfrauen zu Zauberinnen, die Rah in eine andere, ferne Welt hinübertrugen.

Vorher aber gab es eine Lamm-Tajine. Sie musste stundenlang vor sich hin geschmort haben. Nur Kreuzkümmel und Zimt schmeckte Rah aus einer sanften Verbindung heraus, die die übrigen Gewürze mit dem Fleisch eingegangen waren. Zusammen mit Couscous, duftendem Koriandergrün und einem Löffel Joghurt regte dieses Gericht die Sinne ungewohnt stark an.

Beide waren sehr hungrig und verlangsamten ihr Tempo beim Essen erst, als ihre erdig-roten Keramikschüsseln fast leer waren. Rah sprang dabei etwas Rätselhaftes ins Auge: Auf dem Schalenboden befand sich ein Dreieck mit seitlichen Fortsätzen und einem Mondsymbol an der Oberseite. Die Figur war offensichtlich handgemalt, die schwarzen Linien wirkten roh und unbeholfen.

John fing die Stimmung mit seiner Spiegelreflexkamera ein, und nach dem langen festlichen Abend entließ man die Gäste in ihr Zimmer. Auf dem Vorsprung vor der Fensteröffnung stand eine einfache Holzleiter, von der aus man das Dach des Lehmgebäudes erreichen konnte. Die Temperatur sank um diese Jahreszeit manchmal auf einstellige Werte, hatten ihre Gastgeber sie wissen lassen, aber das brachte John und Rah nicht davon ab, in dieser Nacht direkt im Mondlicht unter dem Wüstenhimmel zu schlafen. Der Geruch der Kamele und Schafe, der hin und wieder zu ihnen hochzog, gab ihnen ein Gefühl von Erdverbundenheit, das so schnell nicht wieder verfliegen würde. Neben ihrem einfachen Holzbett fanden sie ein kleines Fläschchen mit einer zähen goldenen Flüssigkeit. Rah entfernte den Glasstopfen aus dem Flaschenhals und zerrieb einen Öltropfen auf ihrem Handrücken. John nahm ihr die Flasche aus der Hand und goss den Inhalt in einer feinen Spur auf Rahs nackten Körper.

„Es ist so kostbar wie du, Rah!“

„Arganöl! Es gibt nichts Besseres für meine Haut und meine Haare!“
„Lass es mich in jede deiner Poren einmassieren.“
Johns Hände hatten gerade begonnen, Rah mit sanften kreisenden Bewegungen zu berühren, als ihre Körper haltlos ineinanderflossen.

4 Entrückt

Ein Farbspektrum von zartem Orange bis hin zu tiefem Violettblau eröffnete den neuen Tag. Die Luft war frisch und klar, als Rah in Johns Armen lag, beschützt wie ein Kind von seinem Vater. Alles war noch so friedlich und unverbraucht in dieser Zeit zwischen der ausgehenden Nacht und der Morgendämmerung.
Als Rah aus dem Schlaf schreckte, schien auch John aufzuwachen, aber er schaffte es nicht, an die Oberfläche seiner Wahrnehmung vorzudringen. Er kehrte um in die Welt des unbekümmerten Nichts, als würde er nicht wahrhaben wollen, was gerade vor sich ging.
Rah nahm aus den Augenwinkeln zwei weiß gekleidete Männer wahr, von der Gestalt her wie Gwafa und der Fahrer von gestern, doch mit schwarzen Vollbärten und gräulich-braunen Tüchern auf dem Kopf. Die Sonne hatte den Stoff ausbleichen lassen.
Sie rüttelte John aus dem Schlaf.

Im Flüsterton machten die Unbekannten dem Paar verständlich, dass es Zeit sei, mit ihnen nach unten zu gehen.
Die Bedrohlichkeit des Ganzen war John und Rah zweifelsfrei klar, denn die Männer trugen Waffen bei sich, die hin und wieder aus den weiten Gewändern hervortraten. Die Kommunikation zwischen den vier Personen lief fast wortlos ab, die Positionen waren unantastbar. Man forderte die beiden auf, den Land Rover zu besteigen. Es war nicht dasselbe Fahrzeug wie gestern.
Kamera, Smartphones, Ausweise und alle Wertgegenstände hatte man ihnen, während sie schliefen, gestohlen.
Damit begann ein neues Abenteuer, eins mit ungewissem Ende. Es ging in die Wüste, ganz weit hinaus. Die Bilder mussten jetzt im Kopf gespeichert werden. Rah klammerte sich an John, aber das nützte nichts. Zuerst stieß man John aus dem fahrenden Wagen und nach ein paar weiteren Kilometern Rah.
Die Sonne stieg erbarmungslos hoch hinauf in den Himmel, der Tag versprach wieder einmal Temperaturen weit über vierzig Grad Celsius. Jeder von ihnen musste sich auf das eigene, innere Navigationssystem besinnen und ruhig bleiben, sich nicht anstrengen, ein Austrocknen nicht zulassen. Die Hitze und die absurde Notlage lösten eine extreme Stresssituation aus, die sie meistern mussten, abgeschnitten voneinander und ganz auf sich gestellt. Unüberwindbare Sandberge hatten sich

zwischen sie geschoben. Es waren weder eine Ortschaft noch irgendwelche lebenden Wesen in Sichtweite.

John war sich sicher, dass die Crew sich nun, am zweiten Tag seiner und Rahs Abwesenheit, um sie sorgte und die Polizei einschaltete. Die Polizei würde sie ganz bestimmt finden.
Ganz bestimmt. Die Polizei würde sie finden. Doch er vergaß, dass er in Marokko war, und er vergaß, dass hier viele Sprachen gesprochen wurden, dass sein Körper ständig Wasser zu Kühlungszwecken auf seine Oberfläche beförderte und er Wasser abatmete. Sich dagegen zu wehren wäre zwecklos. Vier Tage. Bilder von hitzesterilisierten Tierskeletten geisterten ihm durch den Kopf. Vier Tage hätte er, maximal.
Würde er Rah treffen, wenn er weiterlief? War sie überhaupt noch am Leben, oder hatten die beiden Männer sie schon umgebracht? Welche Richtung sollte er einschlagen? Woran konnte er sich orientieren? Sollte er lieber an Ort und Stelle bleiben, sich nicht anstrengen, um wenig zu schwitzen und sich nicht noch tiefer zu verirren? Die Hitze lähmte seinen Verstand und auch sein Bauchgefühl. Es war ein Vakuum, ein Nichts, das er bisher nur aus Urlauben kannte, in denen er völlig entspannt am Strand lag, das Meeresrauschen hörte und an nichts denken, nur senkrecht in den hohen blauen Himmel starren konnte. Dass ihm dieser Zustand in einer so prekären Situation wieder begegnen würde,

war nicht begreifbar für John und verursachte beinahe Kopfschmerzen. Azurblau wandelte sich zum Sinnbild eines grausamen Todes.

Ihre zierliche Statur hatte schon so häufig zu Fehleinschätzungen geführt, zumindest in westlich geprägten Kulturen. Schwach, unweiblich, kindlich. Nicht mehr als ein beweglicher, dennoch schöner, eleganter Kleiderständer. Rah war Französin, hatte keinerlei asiatische Wurzeln, aber den grazilen Körperbau einer Japanerin. Im Netz wurde sie wegen ihrer schmalen Figur und den flachen Brüsten mehr noch von Frauen als von Männern beschimpft. Während wogende Fast-Food-Körper zunehmend solidarisch betrachtet wurden, schien Rah in den Augen der Gesellschaft eine aus der Norm gefallene Dauerprovokation zu sein. Mit dem „Skinny Shaming" konnte sie mittlerweile leben. Sie war einfach so, wie sie war, hungerte nicht, quälte sich nicht, und das schien noch mehr Neid auszulösen. Die raue Außenwelt und ihr anstrengendes Modelleben hatten sie innerlich zu einer starken Frau werden lassen, so stark, dass sie sich sicher war, nicht zum Opfer der Wüste zu werden.

5 Mit Verspätung

„Da drüben!"

Eine kleine Gruppe niederländischer Individualreisender versuchte, den Fahrer des Jeeps dorthin zu lenken, wo sie eine liegende menschliche Gestalt zu erkennen meinten.

„Er muss bis vor ganz kurzer Zeit noch gelebt haben. Fuck! Wir können ihn doch nicht hier liegen lassen!"

„Wenn wir ihn mitnehmen, machen wir uns verdächtig!", warf die andere Hälfte der Gruppe ein.

„Wenn wir ihn zurücklassen, auch. Es kommt immer ans Tageslicht, früher oder später."

„Die Sonne brennt doch alles gnadenlos weg!"

„Wenn wir uns nicht bald entscheiden, enden wir genauso."

Der Fahrer blieb teilnahmslos im klimatisierten Geländewagen sitzen. Die Verständigung mit ihm gestaltete sich schwierig.

Das Rütteln des Jeeps ließ Johns leblosen Körper vibrieren. Man hatte ihn am Ende angeregter Diskussionen in den kleinen Laderaum bugsiert und die Fenster geöffnet. Nur ein paar Stunden früher hätte dieses Taxi nach Marrakesch kommen sollen!

Sie wusste nicht, wie und warum, aber sie wusste, dass sie zurückfinden oder zumindest jemanden treffen würde, der sie rettete. Sie stellte sich vor, dass sie eine Kompassnadel in sich trug. Außerdem würde ihr die Sonne helfen. Zugvögel waren schließlich auch in der Lage, sich über große Entfernungen hinweg zu orientieren.

Rah sank immer wieder ein paar Zentimeter tief in den Sand ein. Das Laufen war anstrengend, und sie musste mit ihren Kräften haushalten. Zu Hause war Laufen wie eine Meditation, und vielleicht würde sie es schaffen, sich trotz der Hitze - oder sogar deswegen? - in einen geistigen Zustand zu versetzen, der ihr den Weg erleichterte.

Weil Yin Annies stoische Ruhe nicht länger ertragen konnte, hatte sie sich gestern mit anderen Gästen des Riads beraten, um die Suche nach John und Rah zu starten. Die Polizei musste eingeschaltet werden. Darüber waren sich alle einig. Auch darüber, dass es einige Dirham kosten würde, aber das sollte das geringste Problem sein.

Seine Identität war schnell festgestellt: John Mankiewicz war zumindest in Europa und in den USA als Modefotograf populär, und sein markantes Äußeres führte ihn auch als Leiche innerhalb weniger Stunden zu seiner Frau. Dazu war nicht einmal Polizeieinsatz erforderlich. Annie war gefasst, als sie den Anruf erhielt, der sie über Johns Tod informierte. Wahrscheinlich würde die Trauer später über sie hereinbrechen. Der Schock versperrte den Tränen zunächst noch den Weg.

„Wo ist Rah? Warum haben sie sich getrennt?", fragte Yin weinend. Die niederländische Touristengruppe hat-

te offensichtlich nur John entdeckt, von Rah fehlte jede Spur.
Ein Knäuel an Unklarheiten und Spekulationen war zu entwirren. Das Team um Annie war wie gelähmt. Hinzu kam die krasse Wendung ihres Aufenthaltes in einer Umgebung voll von überwältigenden sinnlichen Eindrücken zu einer hochdramatischen Lage in unerträglicher Hitze.
Hatte John sich leichtsinnig auf eigene Faust und unvorbereitet in die Wüste aufgemacht für ein spektakuläres Fotoshooting? Wo waren seine Papiere, seine Kamera, sein Handy? Welche Rolle spielte Rah dabei? Hatten die Niederländer John schon vor seinem Tod persönlich gekannt?
Erst einmal musste Rah gefunden werden. Hoffentlich war sie noch am Leben. Vor wenigen Jahren waren junge skandinavische Backpackerinnen durch eine islamistische Terrororganisation im Atlasgebirge grausam ermordet worden.

6 Luftspiegelungen

Wo Rah sich aufhielt, war noch unbekannt, obwohl der Vorfall schon in großen Medienkanälen wie CBS Schlagzeilen machte. Diese Story hatte alle Zutaten zu bieten, die Top-Klickraten versprachen und das nachhaltig, denn so schnell würden die Fragezeichen darin nicht verschwinden. Kein Hollywood-Drehbuch lag dem zugrunde, sondern die würzige Realität.

Rah spürte die abnehmende Kraft der Sonne, als sie - trotz ihres tranceähnlichen Zustands und dem Kollaps gefährlich nahe - aus der Ferne eine kleine Ansiedlung erkennen konnte. In der Hoffnung, dass es nicht nur eine Luftspiegelung sei, marschierte sie darauf zu. Stimmen waren zu hören, eine einfache Lichterkette zu sehen. Wie immer man ihr dort begegnen würde - es gab jetzt nur diesen einen Weg zurück in die Zivilisation.

„Mademoiselle, Telefon für Sie!", wurde sie am nächsten Morgen geweckt. Was in der Zwischenzeit passiert war, wusste Rah nicht mehr. Man musste ihr zu trinken gegeben haben, sonst hätte sie die letzten Stunden wohl nicht überlebt. Sofort danach war sie vor Erschöpfung und unabwendbarer Müdigkeit in einen tiefen Schlaf gefallen. Sie fand sich auf einer Liege in einem Zelt eines kleinen Touristencamps wieder, Leere, Nebel im Kopf. Ihr weißes dünnes Leinenhemd, das sie seit fünf Tagen trug, seit sie mit Yin und John zum Ausflug in die Souks von Marrakesch aufgebrochen war, war völlig verschwitzt, hatte graue Ränder und klebte an ihrem Körper. Was für ein Albtraum. Wo war sie - und wo war John?

Das Camp war knapp vierzig Kilometer von Marrakesch entfernt. Sie hatte die falsche Richtung gewählt, aber sie war am richtigen Ort, in Sicherheit. Das Telefonat war nicht für sie. Es muss ein Missverständnis gewesen sein. Die bleierne Mattigkeit ließ sie schnell wieder einschlafen.

Anthony, der Hairstylist im Team, wurde mehr als Annies Liebhaber. Die Trauer um ihren Mann kam langsam in Annie hoch, aber auch Wut. Anthonys Ruhe milderte Yins und Annies Absturz in die totale Dunkelheit und brachte eine Struktur in das Leben der beiden Frauen. Nun konnte er seine Fähigkeiten, die er ganz nebenbei durch aufmerksames, einfühlsames Zuhören beim Auftürmen, der Coloration und dem fantasievollen Formschnitt von Haaren trainiert hatte, voll entfalten. In heiklen Situationen wurde er immer sachlicher und ausgeglichener. Genau das war jetzt gefordert, denn das BCIJ, das Bureau central d'investigations judiciaires, hatte sich mittlerweile in die länderübergreifende Angelegenheit eingeschaltet.

Rah war gerade eben aus ihrem fast vierundzwanzigstündigen Schlaf erwacht und nippte an einem Glas Tee aus Nanaminze. Mit Brot und Olivenöl kamen ihre Kräfte allmählich zurück, aber mit aller Wucht auch ihre Gedanken. Sie musste Annie erreichen. Vielleicht hatte John es geschafft, sich zu retten und zu ihr zurückzukehren. Sie musste es unbedingt erfahren, aber diese Illusion wurde ihr wenige Minuten später genommen.

Auch im Camp gab es Internet, und selbst die marokkanischen Medien berichteten über den Vorfall. Bilder von Rah überall. Sie fühlte sich so nackt und verletzt, als hätte man sie bestohlen. So war es tatsächlich, denn ihren Rucksack mitsamt aller persönlichen Dinge hatte man ihr ja abgenommen, bevor man sie aus dem Geländewagen warf. Das war es aber nicht. Viel tiefer ging das Benutztwerden für spektakuläre Schlagzeilen. Sie galt als vermisst. Warum so viel Drama? Sie musste doch nur Annie anrufen, um alles aufzuklären. John, um Himmels willen, John! Fotos seiner Leiche begegneten ihr ebenfalls im Netz.
Alles, was ihr nun bevorstand, kam ihr schlimmer vor als das, was sie gerade überstanden hatte.

Annie umarmte Rah, als sie sich nur wenige Stunden später wiederbegegneten: „Gott sei Dank, Schätzchen! Du bist da!“
Auch der Rest des Teams war erleichtert. „Rah, was ist passiert? Du musst uns sofort alles erzählen!“
Alles schien geklärt. Rah und John hatten sich im Souk von Gwafas Angebot locken lassen, während Yin so sehr abgedrängt und abgelenkt wurde, dass sie die beiden aus den Augen verlor. Sie hatte genauso wenig Anteil an den absurden Geschehnissen danach wie Rah selbst oder die Gruppe gut betuchter Niederländer, die Johns Leiche gefunden hatte. War überhaupt kriminelle Energie im Spiel? Es sah nicht danach aus, doch Rah

war sich sicher. John hat sich schließlich nicht freiwillig aus dem Geländewagen fallen lassen und sie selbst auch nicht. Welches Interesse verfolgten die beiden Männer, die John und sie selbst am Morgen nach dem so gastfreundlichen Abend bei den Berbern und der Nacht im Mondlicht in die Wüste entführt hatten?

7 Handgeknüpfte Heimat

Längst hätten Johns Fotos an die *Vogue* weitergereicht worden sein sollen, und nach nur wenigen Tagen Zwischenstopp zu Hause in New York war eigentlich ein Shooting in den schottischen Highlands geplant. Stattdessen steckte das gesamte Team in langwierigen Ermittlungen in Marrakesch fest.
Annie versprach sich wenig davon, die ganze Zeit vor Ort zu sein. Auch Yin hatte alles gesagt, was zur Aufklärung beitragen konnte. Für Annie und Rah war es schwer genug, den Verlust Johns und dessen mediale Ausschlachtung zu ertragen, zumal beide immer wieder als vermeintliche Kontrahentinnen in Johns Leben dargestellt wurden. So einfach war es jedoch nicht.

Die Weisheit steckt im Teppich. Die Berber sind bekannt für ihre handgeknüpften Teppiche aus natürlich gefärbter Schafwolle. Weiche, dichte Werke mit vielen Symbolen, die von Generation zu Generation immer wieder überliefert worden sind. Die kleinen Unregelmäßigkeiten im Teppich und seinen Mustern machen jeden zu einem individuellen Kunstwerk. Said, der Make-up-Artist des Teams und selbst marokkanischer Herkunft, sammelte diese Teppiche wie andere Briefmarken oder Mokkatassen. Er hatte John dazu inspiriert, die Aufnahmen für Aino in Marokko zu machen. Außer in Küche und Bad war jeder Quadratzentimeter von Saids Pariser Apartment mit Wollteppichen aus seiner Heimat bedeckt. Er liebte es, barfuß darüber zu laufen, die Figuren anzuschauen und sie zu skurrilen Geschichten zu verknüpfen, die manchmal ihre Fortsetzung im wahren Leben finden sollten.

Said war nur wenig älter als die Frauen, die John und Annie fotografierten. Schon als kleiner Junge kam er nach Frankreich, zunächst nach Marseille, später nach Paris. Er strebte eine erstklassige Ausbildung an, um als Visagist auf höchstem Level einzusteigen. Die Gesichter der Models durch Klopfmassagen lebendig machen, mit seiner eigenen Palette an Hauttönen grundieren, Wangenknochen mit Metallic-Rouge formen, Augen mit Kajal und Mascara größer, katzenhafter, eindringlicher erscheinen lassen, um die Shows der großen Modehäuser noch spektakulärer zu machen - das war sein Traum. Keinesfalls wollte er dorthin zurück, woher er kam. Seine Vorfahren waren noch als Nomaden in den Gegenden des Atlasgebirges umhergezogen.

Seine Ziele verfolgte Said mit einer Vehemenz, wie man sie nur zeigen kann, wenn man wegwollte aus den jahrtausendealten Traditionen, Strukturen und einfachen Lebensverhältnissen. Irgendwann hatte ihn der Funke erwischt. Europäische und US-amerikanische Touristen waren in die Berbersiedlungen eingedrungen, um das ursprüngliche Marokko zu erleben. Said hingegen hatte sich vom Kapitalismus gerufen gefühlt, den er in den französischen Metropolen finden konnte. Angespornt durch das schnell drehende Leben voller Reize passte er sich den Gegebenheiten an und erkor das Leistungsprinzip und den damit garantierten Erfolg als seinen Lebenssinn aus.

Sehr gern kombinierte Said reich verzierte Tuniken, schmale Leinenhosen und maßgeschneiderte Uniformjacken. Seine innere Haltung, gepaart mit dem avantgardistischen Kleidungsstil, war sein Ticket zur ewigen Show von Jugend, Luxus und Reichtum. Es hätte märchenhaft werden können, wenn sich auch die feinen Fäden menschlicher Beziehungen damit hätten beeinflussen lassen. Zum Glück gab es dafür alternative Wege.

8 Über dem Berberkreuz

Fast das gesamte Team hatte das Riad La Fig in Marrakesch verlassen. Rah fühlte sich körperlich noch zu ausgelaugt, um die lange Rückreise anzutreten.

Wortlos bestiegen die anderen die Maschine der American Airlines zurück nach New York. Es fiel ihnen schwer, sich durch die Filme, Drinks, vorportionierten hygienisch verschweißten Menüs und die permanenten Freundlichkeiten des Flugpersonals abzulenken. Alle hofften sie, unerkannt zu reisen und möglichst wenig Aufsehen zu erregen. Große verspiegelte Sonnenbrillen sollten die Trauer in ihren Gesichtern verbergen.

Johns Tod und Rahs Entführung lähmte die Crew über die nächsten Tage nach ihrer Ankunft. Jeder ging seiner Wege, um Abstand zu gewinnen und den marokkanischen Albtraum zu verdauen. Wie sollte es ohne John weitergehen? Annie war zwar eine unabhängige, starke Frau, aber diese Wendung in ihrem Leben hatte sie total überfallen und überwältigt, die Trauer sie eiskalt erwischt und in ihrer emotionalen Tiefsee gewütet. Sie fühlte, dass es lange dauern würde, und damit hatte sie nicht gerechnet. John und sie hatten eine offene Beziehung geführt, aber ihre Bindung auf intellektueller Ebene war unauflösbar. Ein Vakuum im Innern musste gefüllt werden, die gesamte Dynamik ihres Teams war im Umbruch.

Wenn sie sich sofort in neue Projekte stürzte, würden die Wunden noch langsamer heilen. Das war ihr klar. Annie vergrub sich in ihrem Apartment und nahm über vier Wochen keine Aufträge an, obwohl die zwei größten Modelabels der USA auf der Popularitätswelle mitsurfen wollten, die sich gerade aufbaute. Yin und Anthony tauchten ebenso ab wie Annie, während Said ungeduldig wurde. Er hatte erwartet, dass Annie sofort

zur Tagesordnung übergehen würde. Schließlich war sie für ihn bisher immer die kühle, perfekt funktionierende Frau gewesen.
Brooklyn kochte. Auch hier brannte die Sonne erbarmungslos und ließ die Luft zu einer heißen Glocke werden. Früher hatte Annie es gemocht, denn das Leben verlangsamte sich dann ein bisschen – genau so wie im Winter, wenn der erste Schnee alles für eine kurze Zeit zum Stehen brachte und die Menschen sich einen Moment lang daran erinnerten, dass die Natur noch immer das Sagen hatte. Zeit für eine spielerische Pause, Leben, Nähe, Lust. Nach Johns Tod verschmolz die Hitze mit Erstarrung und Depression. Es gab keinen heißen Zauber mehr. Dagegen konnte auch Annies langjährige Therapeutin Dr. Lapuente mit ihren NLP-Tools nichts ausrichten.
Annie lag auf ihrem Bett, auf kühlenden Satinbezügen. Das leichte, monotone Brummen der Klimaanlage ließ sie kurz vor Mitternacht endlich einschlafen, aber um 2.45 Uhr fiel ihr Smartphone durch die Vibration von ihrem gläsernen Nachttisch. Das Display verdunkelte sich gerade wieder, als Annie richtig wach wurde. Jemand hatte nach vier verpassten Anrufen eine Sprachnachricht hinterlassen.
Die Störgeräusche im Hintergrund und das kaum verständliche Englisch ließen Annie die Aufnahme wieder und wieder abspielen, aber mehr Details als zuvor konnte sie dadurch nicht heraushören. Wichtig waren

jedoch nur drei Worte: „Mrs. Rah“ und „dead“. Die Dramatik in der Stimme ließ sie nicht mehr zweifeln: Auch Rah hatte das Shooting in Marokko nun das Leben gekostet.
Rah Dubin starb auf dem Berberkreuz. Der Teppich, auf dem sie gefunden worden war, war über und über damit bedeckt. Böse Geister und Dämonen konnte dieses Symbol in Rahs Fall nicht abwenden. Wäre sie noch am Leben, wenn sie Marokko zusammen mit Annies Team verlassen hätte?
Annie, Yin, Danuta und Anthony spürten ihren Fall ins Bodenlose. Die traumatischen Ereignisse ließen sie zu einem starren Körper zusammenwachsen. Said schien über allem zu schweben, von übergeordneter Stelle gelenkt.

9 Peach Schnapps und die *Vogue*

„Mrs. Myers, Sie haben Ihren Mann und gerade auch noch ein Teammitglied verloren. Die Modewelt trauert um den Fotografen John Mankiewicz und um Rah Dubin, Model für die ganz großen Häuser. Es geht Ihnen sehr nahe, das ist nicht zu übersehen. Die Ermittlungen laufen auf Hochtouren. Was haben Sie dazu zu sagen?“
„Wenn Sie mich so fragen, gar nichts. Solche Fragen stellen Sportreporter dem Trainer, wenn seine Mannschaft verloren hat. Nonsens, Mister!“

Annie trat der Presse erschüttert, verletzlich, mit tiefen Augenringen entgegen. So wie sie war. Die Leserschaft schaute lieber in die Gefühlswelt der Celebritys und hielt die eigene unter dem Deckel der Perfektheit verborgen. Die unendliche Langeweile in diesen Fragen forderte Annie zusätzlich heraus, leere Sprachhülsen von sich zu geben. Das war der einzige Spaß, den es in dieser Situation für sie gab. Gehaltvollere Antworten behielt sie sich für die polizeilichen Ermittlungen vor und amüsierte sich über die Spekulationen, die sie der Presse entnehmen konnte. Es ging so weit, dass sie selbst des Mordes an John und Rah beschuldigt wurde, Motive gäbe es genug. Sie müsse von Eifersucht gegenüber Rah zerfressen gewesen sein. Und neidisch sei sie als Modefotografin auf den Erfolg ihres Mannes auch. Daran bestand kein Zweifel. Futter für den Oberflächenjournalismus. Schon lange hat sie aufgehört, sich darüber zu echauffieren. Mit einem Gläschen ihres geliebten Peach Schnapps gelang ihr dies noch besser.
Annie sah mehr als die meisten Menschen, mit feinen Antennen nahm sie wahr, was anderen entging, aber im Fall von John und Rah hatte sie in den ersten Schockmomenten den Eindruck, blind zu sein. Wie passte alles zusammen? Wer hatte Interesse, beide aus dem Weg zu räumen? Musste Rah ihr Leben opfern, weil sie zu viel wusste? Diese Fragen sprangen immer wieder aus dem Dickicht ihrer Eindrücke und Gedanken in die erste Reihe, aber vielleicht sollte sie lieber erst einmal alles

wegwischen. Das Grübeln hinterließ einen dumpfen Druck im Kopf.

Sie öffnete die Tür zu ihrem Arbeitszimmer im Apartment, das sie vor vielen Jahren gemeinsam mit John bezogen und eingerichtet hatte. Annie hob alle Exemplare ihrer Mode-Magazine auf. Entweder waren es Ausgaben mit ihren eigenen Foto-Storys oder mit Fotostrecken von John. Mit etwas Wehmut zog sie wahllos ein Exemplar aus ihrer Sammlung heraus und schlug irgendeine Seite auf: *Vogue US* 07/2004, S. 37/38. Transparente Flatterkleider in Eiscremefarben an der Baja California. Keine Arbeit von ihr selbst oder John, aber trotzdem gerade richtig, um sich in der unverfälschten Ästhetik auszuruhen. Was sie vor sich hatte, war die KI-freie Realität von damals. Künstliche Intelligenz würde sie alle irgendwann auffressen und der Reiz, mit wahren Models und Stylisten zusammenzuarbeiten, immer schwächer werden, wenn beide Welten zu einer nicht mehr unterscheidbaren Masse zusammenflossen. Sich dagegen aufzulehnen hätte keinen Zweck und würde ihr jegliche Kraft rauben. Dessen war sich Annie ganz sicher. Wo wäre ihr Platz in dieser Welt? Diese Frage konnte Annie sich gerade jetzt, nach Johns Tod, nicht überzeugend beantworten.

Sie blätterte ein paar Seiten weiter, steckte die *Vogue* zurück ins Regal und griff sich ein Heft aus dem letzten Jahr. Sie hatte es schon völlig vergessen: eine Foto-Story über John und sie, mit allem, was die voyeuristische

Leserschaft erwarten würde. Vielleicht hatten sie ihr Privatleben eine Spur zu offen präsentiert. Mit dem Abstand eines Jahres erschien es ihr zumindest so, gerade beim Anblick eines Fotos, das zeigte, wie nah sich John und Rah gewesen waren.

Nun gab es noch einmal Fotos von Rah, allein, leblos und unverletzt auf dem Berberteppich. Keinerlei Anzeichen von Gewalteinwirkung. Der Tod musste unauffällig auf sie zugekommen sein.

10 Kontaminanten

„Ihren beiden Mitarbeitern von der Spurensicherung geht es ziemlich schlecht, Inspector Plumb."

„Um was handelt es sich, Doctor? Haben sich beide gleichzeitig erkältet?"

„Scherzen Sie nicht! Dass es sich nicht um eine Infektion handeln kann, dürfte auch Laien wie Ihnen sofort klar sein", wies Dr. Trasahali sein Gegenüber scharf zurecht. „Die Symptome waren quasi sofort da."

„Kann es sein, dass Mrs. Dubin genau daran gestorben ist?"

„Auszuschließen ist es nicht, Inspector. Wir sehen Überschneidungen hinsichtlich der Symptome. Bei Mrs. Dubin haben wir jedoch andere Substanzen entdeckt als bei Ihren Mitarbeitern. Sie ist nicht sofort nach ihrem Tod gefunden worden, und die Überführung ihres

Leichnams hat weitere zwei Tage in Anspruch genommen."
„Was bedeutet das für uns, Doctor?"
„Im Körper einer Toten laufen andere Vorgänge ab als auf einem Berberteppich oder in lebenden Menschen."
„Durchaus, Dr. Trasahali. Aber warum interessiert uns dieser Berberteppich überhaupt?", fragte Inspector Plumb. „Ich mag es lieber schlicht und ohne Geschichten über Dämonen und dieses esoterische Zeug. Wir brauchen hier harte Fakten!"
„Das habe ich schon verstanden, Inspector! Ich sehe den Teppich als zentrales, verbindendes Stück in unseren Ermittlungen."
„Ich kenne niemanden, der von einem Teppich umgebracht oder krank worden ist, Doctor."
„Sie fangen schon wieder an, unsere Arbeit lächerlich zu machen! Denken Sie doch bitte einmal außerhalb Ihres Erfahrungshorizontes. Es gibt Dinge, die gibt es nicht - unglaubliche Dinge!"
„Dann untersuchen Sie doch jetzt diesen verdammten Wollteppich, Mr. Trasahali!"
„Ihr Ton ist unpassend. Ich lege Wert auf sachliche Kommunikation, Inspector!"
„Bei meiner Klientel, Doctor, kann dieser Ton durchaus passend sein." Inspector Plumb wandte sich zur Tür und verließ Dr. Trasahalis Praxis.
„Morgen werde ich Sie mit Neuigkeiten überraschen", rief ihm Dr. Trasahali hinterher.

Die beiden Mitarbeiter der Spurensicherung konnten gerettet werden. Sie blieben noch zwei Tage zur Beobachtung in der Klinik. Rah Dubins Leiche wurde mitsamt Teppich temperaturkontrolliert und in Spezialfolie gelagert, um das Kontaminationsrisiko für die Umwelt zu minimieren.

11 Mehr Blässe

Annie nahm ihre Arbeit im Studio wieder auf, in der Hoffnung, sich damit abzulenken. Zum Neustart nach Johns Tod plante sie ein einfaches Shooting mit Danuta. Ein italienisches Modehaus hatte ihr Vorboten für die Wintersaison geschickt. „Ungewohnt unspektakulär", dachte Annie. Die Wolle der Hosenanzüge fühlte sich ganz weich an auf der Haut, fast so weich wie ein Berberteppich. Der schmale Schnitt wurde durch das unaufdringliche Muster und die gedämpfte Farbgebung in Rauchgrau raffiniert unterstrichen. Damit die Kundinnen aus Dubai es zum Tragen in ihren klimatisierten Räumlichkeiten in Betracht ziehen würden, müssten diese Anzüge mit Leben gefüllt und in geheimnisvollem Licht präsentiert werden. Annie hatte ein außerordentliches Gespür für die passende fotografische Inszenierung. Anthony und Said unterstützten sie dabei mit Haarkunst und Make-up.

„Wow. Das ist anders! Der totale Gegensatz zu den Shootings im Atlasgebirge!", bemerkte Said.

„So kann ich es gerade ertragen. Alles andere wäre mir zuwider", gab Annie zu. „Wir können nicht so weitermachen wie vorher. Es muss eine Richtungsänderung geben. Irgendwann werden wir schon auf einen radikal neuen Ausdruck kommen. Dafür müssen wir experimentieren, Said! Helle Danutas Gesicht noch weiter auf. Ihr Teint und auch die Lippen können viel mehr Blässe vertragen. Die Augen dürfen extrem dunkel sein. Nimm den Lidschatten in Toxic Aubergine!"
„Danuta, Achtung! Ich richte den Spot jetzt direkt auf dich!", warnte Annie.
„Das reicht mir noch nicht! Anthony, was machen wir mit den Haaren? Strähnig, wie drei Wochen nicht gewaschen! Das ist ein perfekter Look zu den feinen Hosenanzügen."
Said wurde ganz still. Was hatte sich Annie dabei gedacht, Danuta so aussehen zu lassen wie Rah, als sie tot aufgefunden worden war? Es schien ihr nicht einmal bewusst zu sein.
Die Fotos waren gewagt, aber sie hatten etwas Magisches, dem man nicht widerstehen konnte. Danutas Gesicht transportierte genau die morbid-melancholische Novemberstimmung, mit der man die Kundinnen zum Kauf geleiten konnte.
„Das Paradoxe ist unser neues Thema!", dachte Annie. Es war ihre Kreation, ihr Statement, das sich klar von Johns früherer Arbeit absetzte. Eine düstere Reflexion des Zeitgeistes!

„Mrs. Myers, können Sie Ihre Arbeit für einen Moment unterbrechen?"

Inspector Plumb betrat das Studio mitten in der Session, und Said sah seine Gestalt hell aufblitzen, als Annie das letzte Mal auslöste. Annie zog die Verdunkelungsvorhänge ein Stückchen zur Seite, um die Sonne über Brooklyn ins Studio zu lassen.

„Sie sehen so aus, als ob Sie einen entscheidenden Schritt vorangekommen wären, Inspector!"

„VX."

„Wie bitte?" Annie verstand nichts.

„VX!"

„Was bedeutet das?", fragte Annie ungeduldig.

„Sie haben noch nichts davon gehört, Mrs. Myers? Diese beiden Buchstaben stehen für den giftigsten Kampfstoff, den wir kennen. Es ist ein sehr stabiles Nervengift, das gut über die Haut und beim Einatmen aufgenommen wird. Unser Auftragslabor hat die Substanz in einer Probe des Berberteppichs gefunden, auf dem Rah Dubins Leiche gelegen hat. Im Opfer selbst konnten wir Abbauprodukte nachweisen und auch im Blut unserer Mitarbeiter von der Spurensicherung. Trotz der eingehaltenen Sicherheitsvorschriften haben sie Vergiftungssymptome gezeigt, sodass sie im Krankenhaus behandelt werden mussten."

„Meinen Sie, dass wirklich jemand Rah vergiften wollte? Es laufen doch viele Leute über einen Teppich, wenn er irgendwo herumliegt."

„Mrs. Myers, eine gezielte Tat ist nicht auszuschließen. Eine durchdachte Planung ist schon notwendig, aber danach geht alles sauber und elegant vonstatten. Von Vorteil ist auch, dass VX nach nichts riecht und nur leicht gelblich ist. Sie merken es nicht, wenn jemand Ihren Teppich damit imprägniert hat."

„Abscheulich! Widerwärtig!" Mehr konnte Annie im ersten Schockmoment nicht dazu sagen.

„Da hat sich jemand wirklich Mühe gegeben. Das Gift ist nicht leicht zu beschaffen, und man muss sich genau auskennen und vorsichtig handeln, um sich nicht selbst damit umzubringen", merkte Inspector Plumb an. „Es kommt aber immer wieder vor, dass Menschen zu solchen Mitteln greifen. 2017 ist der ältere Bruder des nordkoreanischen Machthabers Kim Jong-un durch einen VX-Anschlag getötet worden. Oder denken Sie an die kürzlichen Vergiftungsfälle in Russland mit dem ähnlich gefährlichen Nowitschok."

„Aber Rah war Model. Wer soll Interesse an ihrem Tod gehabt haben?", fragte sich Annie.

„Es läuft häufig auf die menschlichen Schattenseiten hinaus, Mrs. Myers."

„Wie meinen Sie das, Inspector?"

„Neid, Eifersucht zum Beispiel. Ich gehe nicht von einer Affekthandlung aus. So eine Tat verlangt ein paar intelligente Vorüberlegungen und eine gute Organisation. Allein schaffen Sie das nicht. Es gehört ein Netzwerk an Mitspielern dazu. Als Privatperson kommen Sie an VX nicht auf legale Weise heran. Haben Sie Rah näher gekannt? In welchen Kreisen hat sie sich bewegt, Mrs. Myers?"

„Wir hatten eine professionelle Beziehung. Ich kenne Rah seit circa fünf Jahren. Seitdem haben mein Mann und ich mit ihr zusammengearbeitet. Rah habe ich rein künstlerisch betrachtet. Sie war die ideale Frau für unseren Stil der Modepräsentation, und ihre Erscheinung ließ sich gut an die großen Modemagazine verkaufen."

„Das hört sich sehr nüchtern an, Mrs. Myers."

„Ja, einerseits. Anderseits habe ich sie als Mensch sehr gemocht, obwohl sie ein Verhältnis mit meinem Mann hatte."

„Wer würde eine junge schöne Französin verschmähen, Mrs. Myers?"

„Wer würde einen jungen gebildeten und sehr gefühlvollen Hairstylisten verschmähen, Mr. Plumb? John und ich waren uns da einig."

„Verstehe", warf Inspector Plumb ein. „Wer hätte denn ein Interesse daran gehabt, Ihren Mann umzubringen, Mrs. Myers?"

„Mr. Plumb. Das wird mir gerade zu viel. Ich kann das alles noch nicht so auseinandernehmen. Lassen Sie mich bitte ein paar Tage in Ruhe!"

„Okay, Mrs. Myers." Inspector Plumb verließ Annies Studio.

12 Kaffee in Williamsburg

Yin eilte kauend zur Tür ihres Apartments im 11. Stock mit Blick auf den East River. Sie hatte niemanden erwartet, aber ganz überrascht war sie nicht. Rah war ihre Mitbewohnerin, und dass das New York Police Department irgendwann Näheres über sie und Rah wissen wollen könnte, war klar.

„NYPD, Inspector Plumb. Guten Morgen, Mrs. Ko. Sorry, dass ich Sie so früh stören muss. Ich brauche dringend Informationen von Ihnen."

„Okay, einen kleinen Moment." Yin tauschte ihren seidenen Morgenmantel gegen Jeans und Kaschmirpullover.

„Kein schlechter Ausblick hier, Mrs. Ko! Ist wahrscheinlich nicht ganz umsonst zu haben."

„Wir waren sehr oft unterwegs, und deshalb brauchen wir einen Ort, an dem wir uns wohlfühlen und entspannen können, Mr. Plumb. Möchten Sie auch einen Kaffee?"

Yin lief über den weichen champagnerfarbenen Teppich zur Küchenzeile und betätigte den Knopf ihrer Kaffeemaschine. Das Mahlwerk setzte sich in Gang, und ein einladender Duft zog bis an den Tisch herüber. Kurz darauf sammelten sich die ersten Tropfen Kaffee im Becher.

„Ich habe schon an unangenehmeren Orten ermittelt." Inspector Plumb versuchte die Grundlage für einen guten Informationsfluss zu schaffen. „Wie lange wohnen Sie schon hier?"

„Ungefähr seit fünf Jahren. Zuerst hatte ich das Apartment allein gemietet, aber durch meine Arbeit mit John Mankiewicz und Annie Myers habe ich Rah kennengelernt, und wenig später sind wir zusammengezogen."

„Haben Sie sich gut verstanden?"

„Am Anfang war es mehr eine Zweck-WG. Wir hatten beide als Models gut verdient, aber zu zweit war es einfacher, und sehr oft wurden wir zu unterschiedlichen Zeiten gebucht, sodass wir unsere Freiräume hatten. Nach ein paar Monaten hatten wir gemerkt, dass wir etwas füreinander empfinden, mehr als Freundschaft."

„Sie waren ein Paar?"

„Nicht ausschließlich. Rah war auch mit Männern zusammen."

„Wie ging es Ihnen damit, Mrs. Ko?"

„Wir leben in einer Welt, in der vieles möglich ist. Ich habe Rah geliebt, aber auch andere Frauen."

„Welche Beziehung hatten Sie und Mrs. Dubin zu Marokko? Haben Sie dort Freunde oder Bekannte, Mrs. Ko?"

„Unser Fotoshooting im Atlasgebirge war der Anlass zu unserem ersten Besuch in Marokko. Ich bin Koreanerin und habe keinerlei Verbindungen zu Marokko. Wie es bei Rah war, weiß ich nicht genau. Sie hat jedenfalls nie etwas davon erwähnt."

„Mrs. Ko. Sie haben da etwas unterschlagen."

„Was meinen Sie?", fragte Yin, während sie Inspector Plumb erschrocken ansah.

„Soweit man mich richtig informiert hat, gibt es sogar einen Marokkaner in Ihrem Team."

Yin atmete erleichtert auf: „Ah, Sie kennen also schon unseren Make-up-Artisten Said. Said ist ein sehr lieber und einfühlsamer Kollege. Wir haben ihn alle sehr gern."

„Ist Ihnen irgendetwas Ungewöhnliches an ihm aufgefallen?"

„Nein, er war wie immer."

„Danke, Mrs. Ko. Wir haben Kontakt zum BCIJ und zur Königlich Marokkanischen Gendarmerie aufgenommen, um die Spuren im Land weiter zu verfolgen. Ich hoffe, Sie unterstützen die Ermittlungen meines Kollegen dort. Mr. Bennani wird sich in den nächsten Tagen bei Ihnen melden."

Yin begleitete Inspector Plumb zur Tür. Rahs Tod und die leere Wohnung ließen sie sehr unruhig werden. In der Hoffnung, die Nervosität abzuschütteln, joggte sie mit ihrer Techno-Playlist im Ohr ein paar Runden durch den Park gegenüber.

Im Anschluss fand Yin eine Einladung zum Videocall mit Omar Bennani in ihren E-Mails. Gnädigerweise hatte er ihr drei Tage Ruhe eingeräumt. Sie bemühte sich in der Zwischenzeit, ihren Kopf freizubekommen von all den Eindrücken der Reise. Keinesfalls zu emotional und zu verwickelt in Persönliches wollte sie dem marokkanischen Polizeiinspektor gegenübertreten, um jeglichen Verdacht im Keim zu ersticken, denn sie hatte sich nichts vorzuwerfen und wollte in nichts hineingeraten.

13 Zwei Schrankmeter

„Was möchten Sie mir zu Mr. Daoudi erzählen, Mrs. Myers?"
Annie spürte ein starkes Unbehagen, denn der Videocall mit Inspector Bennani in Marrakesch stellte eine brutale Nähe zu dem Ort her, dessen Geschehnisse sie in die Leere gestürzt hatten.
„Es klingt so formell und distanziert, wenn wir in dieser Weise über Said reden, Inspector, und ich weiß nicht, was Sie wirklich interessiert. Stellen Sie mir doch bitte eine konkrete Frage", bat Annie.
„Meine Fragetechnik ist vielleicht etwas ungewöhnlich, hat sich aber bewährt. Vertrauen Sie mir. Also: Was möchten Sie zu Said Daoudi sagen?"
„Er ist Visagist und hat bei den Shows der großen Modehäuser in Paris mitgewirkt, Chanel, Dior, YSL. Sie wissen schon."
„Mode ist nicht mein Metier. Noch nicht, Mrs. Myers, aber ich möchte Sie nicht unterbrechen."

„Eines Tages stand er jedenfalls vor unserer Tür, und wegen seiner angenehmen Art, seiner Frische und seiner erstklassigen Referenzen haben wir ihn in unser Team aufgenommen. Wie das so ist, wenn man jung und erfolgreich ist: Man glaubt, man kann die ganze Welt erobern, und so war es ein ganz natürlicher Schritt für Said, nach New York zu gehen. Er hatte seine Heimat mit sechzehn verlassen, angespornt durch die Bilder, die europäische Touristen bei ihren Reisen durch Marokko in sein Hirn pflanzten. Said war das Unterwegssein gewohnt, denn er entstammte, so habe ich gehört, einer Berberfamilie."

„Fällt Ihnen etwas auf, Mrs. Myers?"

„Wenn Sie auf die Berber abzielen - ich halte es für reinen Zufall, dass Rah im Riad La Fig auf einem Berberteppich gefunden wurde."

„Wie kommen Sie zu dieser Annahme?"

„Von seinem ganzen Wesen her ist Said so ein friedfertiger, lieber und aufrichtiger Mensch. Für mich ist es absolut abwegig, dass er in irgendeiner Weise in die Verbrechen verstrickt war, Inspector."

„Das können Sie ganz genau beurteilen, Mrs. Myers?"

„Bis auf die wenigen Wochen, die Said in Paris verbringt, arbeiten wir beinahe Tag für Tag eng zusammen."

„Kennen Sie Mr. Daoudi auch privat? Wie und mit wem verbringt er seine Freizeit?"

„Sein Privatleben hält Said fest unter Verschluss, und das respektieren wir alle.“
„Und Mr. Daoudi weiß genauso wenig oder genauso viel über Sie und die weiteren Menschen in Ihrem Umfeld?“
„Said weiß, dass John und ich eine glückliche Ehe geführt haben. Dass unsere Beziehung offen war, haben alle im Team mitbekommen. Anthony, unser Hairstylist, und ich stehen uns sehr nahe, genauso wie es John und Rah Dubin taten“, erklärte Annie.
„Was meinen Sie damit genau?“
„Warum interessiert Sie das, Inspector?“
„Wenn Ihr Mann und Rah Dubin ein Verhältnis hatten, ist es etwas anderes, als sich nur nahe zu stehen. Möglicherweise gab es dadurch quälende Gefühle im Team.“
„Was dem Team bekannt war, habe ich Ihnen erzählt. Wie es in den Menschen aussieht, ist doch reine Spekulation, Inspector.“
„Richtig, Mrs. Myers. Deshalb frage ich Sie noch einmal: Hat sich irgendeine Person in letzter Zeit anders verhalten als üblich?“
„Mir ist wirklich nichts aufgefallen, Mr. Bennani.“
„Danke, Mrs. Myers!“
Omar Bennani beendete den Call. Yin Ko gab ähnliche Antworten, was die Stimmung im Team anging. Es wucherte offensichtlich ein kompliziertes Geflecht sexueller Beziehungen im Hintergrund. Dass Yin und Rah mehr

als nur eine WG hatten, schien Annie Myers nicht gewusst zu haben.

Yin hatte sich durch die Schönheit und die Vielfalt der Teppiche im Souk ablenken lassen.
Die Wolle für diese Teppiche wird noch immer von einheimischen Schafen gewonnen, gereinigt, gefärbt und von Hand versponnen. In mühevoller Arbeit stellen Frauen Knoten für Knoten wertvolle Teppiche her, die schon bei den großen Designern des 20. Jahrhunderts wie Le Corbusier ihre Anhängerschaft gefunden hatten.
Während Yins Augen daran festhingen, hatten sich John und Rah von Gwafas Angebot locken lassen und waren ihm gefolgt. Zumindest bis dahin konnte es keine Lenkung durch die Person gegeben haben, die ein Interesse an Johns und Rahs Tod hatte, vermutete Inspector Bennani.
Omar Bennani arbeitete seit mehr als zehn Jahren bei der Königlich Marokkanischen Gendarmerie. Nicht ohne Stolz trug er tagaus tagein seine Uniform und verrichtete gewissenhaft seinen Dienst. Sein Leben lief ohne große Schleifen meistens in ruhigem Fahrwasser. Seine Frau und seine beiden neunjährigen Zwillingstöchter waren sein großes Glück. Dennoch gab es Nächte wie die letzte, in denen er gegen drei Uhr aufwachte, weil sich plötzlich Gedanken bemerkbar machten, die in der Hektik des Tages nicht an die Oberfläche kommen konnten.

Said Daoudi war sein Landsmann, aber nach den vertraulichen Interviews, die Omar mit ihm in seiner Muttersprache geführt hatte, blieb ein Unbehagen zurück: „Ein merkwürdig neurotischer Vogel." Said hatte seine frühe Entwurzelung wohl noch nicht verdaut. Warum sammelt man sonst in fast zwanghafter Manier Teppiche aus der Heimat? Das alles musste nicht bedeuten, dass Said zur Verdachtsperson wurde, aber Omar wollte an dieser Stelle tiefer eintauchen.
Offenbar hatten Omar und Said neben ihrem Geburtsland noch eine zweite Gemeinsamkeit: die Uniformen. Said besaß in seinem Pariser Apartment nicht nur eine große Teppichsammlung, sondern auch zwei Schrankmeter voller Uniformen, sorgsam in durchsichtige Kunststoffhüllen verpackt. Wie eine Leimspur führte der Weg von dort aus wieder nach New York, zu Saids Partner Richard, zur U.S. Army und zu feinen Haarrissen im System, die VX in die Hände des Täters tröpfeln lassen konnten.

14 Traditionelles Handwerk auf Lebenszeit

Berührungslose Beseitigung, wie zufällig, stilvoll, mit doppeltem Boden. So war der Plan. Ein ganzer Stab an Mitstreitern und absolutes Vertrauen waren erforderlich, um diesen Auftrag auszuführen.
Omar Bennani und Jimmy Plumb spielten sich die Bälle zu. Eine große Portion gesunden Menschenverstandes

auf einem soliden Erfahrungsfundament - damit konnten beide Inspektoren punkten. In ihren Uniformen steckte ganz viel Intuition, die sich nicht in Kästchen pressen ließ, auch wenn das immer wieder von ihnen verlangt worden war.

Said Daoudi begann also Teppiche zu knüpfen. Er hatte Zeit dafür, das Urteil lautete „Lebenslänglich".
Teppiche, Uniformen, John und Rah, das waren seine Obsessionen. In einem Team mit zwei Personen zu arbeiten, sie täglich zu sehen, ohne sie besitzen zu können, war irgendwann so unerträglich geworden, dass er dieses Übel beseitigen musste. Er hätte einfach gehen können, er hätte sich innerlich von seinem Verlangen abspalten können, aber dazu war sein Geist nicht in der Lage gewesen.
Der glitzernde Kapitalismus hatte Said aus dem wohligen Mutterschoß seiner Heimat gerissen. Genau zu der Zeit, als ihm klargeworden war, dass sein Bankkonto, die Berberteppiche und Uniformen ihn nicht richtig warm und glücklich machen konnten, traf er auf Richard, Colonel bei der U.S. Army.
Die Liebe zu Richard lenkte Said eine Zeit lang ab oder nahm ihn sogar so sehr gefangen, dass die Besessenheit für Rah und John erträglich wurde. Er konnte ein normales Alltagsleben im Team um Annie und John führen - bis die Leidenschaft für Richard schleichend nachließ. Zuerst verblasste die Intensität ihrer körperlichen Be-

gegnungen. Said verschwand nach ihren gemeinsamen Nächten einfach aus Richards Wohnung. Waren sie oft gemeinsam durch die Bars in Greenwich Village und Chelsea gezogen, streifte Said nun allein durch die Stadt, vergeblich. Strauchelnd, ohne aufregende Eroberungen kehrte er zu Richard zurück. Für eines war er immer noch gut genug. An diesem „etwas mehr als nichts" klammerte sich Richard fest.

Natürlich bemerkte Richard, dass sich in Said etwas verändert hatte. Auf seine Fragen hin gab Said vor, er hätte sich mit Rah und John zerstritten. Einzelheiten rückte er nicht heraus, weil es keine gab. Richard quälte Saids Wortkargheit und die Entfremdung zwischen ihnen, aber er konnte ihn nicht verlassen. Es ging einfach nicht, weil er Said so sehr brauchte. Ihre Körper gehörten auf fatale Weise zusammen.

Eines Tages begann Said plötzlich wieder, mit ihm zu reden, ihn in seine Pläne einzuweihen. Richard konnte dienen. Er versprach, ihm bei diesem Projekt zu helfen. Die passende Ausbildung hatte er irgendwann einmal am Ausbildungszentrum der Army für den Umgang mit ABC-Waffen erfolgreich durchlaufen. Jeder Handgriff saß.

Eine endgültige Befreiung war Saids einzige Lösung, und deren Vorbereitung verschaffte ihm unbändige Lust. Über mehrere Monate hatte er alles eingefädelt, hatte Marokko als Kulisse für das Modeshooting vorgeschlagen, hatte Gwafa engagiert, um Rah und John in den Souks abzufangen, zu einer Tour ins Berberdorf einzuladen, ihnen eine traumhafte Mondnacht zu gönnen, um dann das Blatt dramatisch zu wenden. Dass eine Person, gerade Rah, überleben und aus der Wüste zurückfinden könnte, hielt Said für sehr unwahrscheinlich, aber auch dafür hatte er vorgesorgt. Die Schönheit Rahs sollte auf die Schönheit eines traditionellen Berberteppichs treffen, und zwar unverzüglich, um eine Verbreitung von Aussagen über die Entführung zu verhindern.

Richard hatte die Imprägnierung des Teppichs mit VX für Said übernommen, als klar war, dass Rah nach ihrer Entführung in die Zivilisation zurückgefunden hatte. Eine kleine Ampulle reichte, um Rah in die ewige Wüste zu schicken. Das Glas hatte Richard ganz weit draußen vergraben, unter einem funkelnden Sternendach, bevor er sich entschied, seinem Leben an diesem magischen Ort ein Ende zu setzen.

ZITATQUELLEN

Fünf seidene Kordeln

Psychoanalyst Meets Marina Abramovic:
Jeannette Fischer Meets Artist,
Marina Abramovic, Jeanette Fischer,
Scheidegger und Spiess, 2018

Barbies Fate

Interview von Jenny Schlenzka mit Damien Hirst,
Monopol - Magazin für Kunst und Leben, 5/2009

Das Todesretreat

Jim Morrison, Wilderness, Volume 1,
First Vintage Books Edition, 1989

Jack Johnson, You can't control it, Song-Text 2017

Shalalalala

Albert Hofmann: im Fernsehinterview zur 3sat-Dokumentation LSD – Wunderdroge und Horrortrip – Albert Hofmann, der Erfinder des LSD wird 100, 2005

Der Knüpfer

Frank Zappa, Netzfund, u.a. https://quotefancy.com

www.ingramcontent.com/pod-product-compliance
Ingram Content Group UK Ltd.
Pitfield, Milton Keynes, MK11 3LW, UK
UKHW021050260125
454178UK00004B/213

9 783769 320756